Los Angeles...
bei Lemmy
(Foto: Privat)

Nicht weit von Lemmy´s Wohnung gingen wir in ein Restaurant

2

Verlag:
TWENTYSIX – Der Self-Publisching-Verlag
Eine Kooperation zwischen der Verlagsgruppe Random House
und BoD – Books on Demand

Copyright 2019

Herstellung und Verlag:
BoD – Books on Demand, Norderstedt

ISBN: 9783740753252

Lemmy,

ich brauch dich...

Lemmy's größter
Fan

Yes,

Lemmy for ever...

Der Inhalt dieses
Romans entspricht teilweise
wahren Begebenheiten.

Orte und Datum wurden
zum Teil zufällig ausgesucht.
Sollten Namen vorkommen,
welche existieren, wäre dies
rein zufällig.

Außer dem guten alten Lemmy...
Rest in Peace, mein Freund.
Du wirst bis zum Ende meines
Lebens in meinem
Kopf sein...

Für Inge

und Lemmy

Dieser Roman beschreibt nicht nur meine (teilweisen) Erlebnisse
sondern auch meine Gedanken
über das
Schicksal
nicht zum ersten Mal
und wohl nicht zum Letzten Mal

Friedrich Schmidt

Prolog
Teil 1

Ich... ich soll... man (Er) hat mir aufgetragen diese Story zu
erzählen. Ich versuche mich kurz zu halten - weiß gar nicht so genau
wo ich anfangen soll (eigentlich sind's zwei Story's). Doch, ja, ich
weiß. Er, sein Name ist Frank, er hatte an diesem neunten April
Geburtstag. Er ist ein Mensch, den man einerseits an jeder
Straßenecke sieht, und doch wieder nicht. Anders als Andere, nicht
besser oder schlechter. Außergewöhnlich? - in gewisser Weise schon.
Nun, er war wohl eher das, was man einen Einzelgänger nennt,
jedenfalls zu dem Zeitpunkt – am Anfang. Er lebte, wie man so
schön sagt, in den Tag hinein. Möglich machte ihm dieses
Lotterleben, vor allem seine Mama, bei der er mit seinen – ab diesem
Tag achtundzwanzig Jahren, immer noch wohnte. In seinem
Kinderzimmer. Das Zimmer war, seit seinem sechzehnten
Lebensjahr, nicht mehr renoviert worden. Aber dies war ihm – wie
neunzig Prozent der Dinge – Scheißegal. Ihn interessierte weder
seine Umwelt, was die Leute um ihn herum taten oder sagten, was
sie von Beruf waren, welche Interessen andere hatten. Geld, Haus,
Auto, Urlaub, menschliche Dinge, ihre Ursachen, warum was kommt

und woher. Alles war ohne Belang für ihn. Nichts, aber auch gar
nichts, auf der Welt gab es, über das Frank sich Gedanken machen
wollte, man sich den Kopf zerbrechen müsste. Das Gejammer seiner
Eltern, Monika und Eric, - „sie müssten den Pfennig zweimal
umdrehen, und, wann er endlich einen Job suchen würde (dieser
Spruch kam vor allem von seinem Vater) und, und, und". Dies alles
war ihm so was von egal. Schlimmer noch – das Meiste fand er öde,
wie das Gejammer von seinem Opa Fred. Immer und immer wieder
die selben alten Geschichten: Wie er verwundet wurde, wie er sah als
sein Kumpel seinen Fuß verlor, und sein bester Freund, der mit ihm
im selben Dorf wohnte und mit ihm in die Schule ging. Er wurde,
direkt neben ihm in den Kopf getroffen... „es hätte auch mich treffen
können" - hatte er zum Abschluss seiner Litanei noch immer wieder
erwähnt.

Nun, zu Franks Verteidigung sei gesagt, dass das Schicksal relativ
übel mit ihm mitspielte. So machte er als sehr junger Mann eher
schlechte Erfahrungen.

Er lernte mit vierzehn die hübsche Selina kennen die so alt war wie
er. Wie es so schön heißt: eine Jugendliebe. Sie waren in der letzten
Klasse der Hauptschule – in der Nähe einer größeren Stadt – eine
relativ große Stadt in Deutschland, genauer: Saarbrücken.

Jedenfalls brannte diese erste Liebe wie ein Strohfeuer. Hell,
lichterloh, aber eigentlich kurz. Das dumme war, dass die zwei quasi
schon halbwegs getrennt waren als sie ihm prophezeite, dass sie
schwanger sei. Frank wurde also mit fünfzehn Vater. Dennoch
machte er nach dem Schulabschluss eine Lehre als Maler und
Lackierer, also ein Handwerk. Diese Arbeit machte ihm auch Spaß.
Was schlimm war, dass er eben noch ein halbes Kind war – ebenso
wie die Mutter. Um es kurz zu machen: die beiden mieteten sich,
nach der Lehre, als genug Geld zum Leben vorhanden war, ein
kleines Reihenhaus am Rande der Stadt, aber es ging nicht lange gut.
Bereits circa ein halbes Jahr, nachdem sie dort eingezogen waren,
gab es nur noch Streit. Ein lang andauernder Streit könnte man
sagen; ein auf und ab der Liebe - über etwa drei Jahre. Selina fühlte

sich nach dem Einzug in der großen Wohnung wie im goldenen Käfig - aber irgendwie leer.

Doch irgendwie entwickelte es sich, wenn man es so nennen will, scheinbar alles zum Guten - vorerst – ich glaube man nennt es eine Hassliebe. Sie rauften sich zusammen, hatten Streit das die Fetzen fliegen, dann sahen sie sich im Zimmer, in welchem sie sich gerade begegneten, in die Augen, lächelten sich an und küssten sich leidenschaftlich und landen dann nicht selten im Bett. Oder wo sie sich gerade befanden, auf der Couch, dem Esszimmertisch, hatten sie dann hemmungslosen, heftigen Sex. Dann ging es wieder eine Zeitlang gut, bis sie sich wieder, meist wegen Belanglosigkeiten heftig stritten, ja, bis Frank sich oft mal bremsen musste, um sie nicht zu schlagen. Was aber nie geschah. Sie konnte so zicken, so egoistisch sein. Nein, eine Partnerschaft bei der man hätte sagen können, die Beiden machen alles richtig, nein, so eine Partnerschaft war es nicht. Nicht, wo die Leute sagten: Ein schönes Paar... aber – es funktionierte... irgendwie. Sie heirateten sogar – kurz vor dem Einzug ins Haus - mit achtzehn und bekamen sogar noch zwei Kinder. Nicht alles war schlecht. Frank nannte es den normalen Wahnsinn. Die Zeit verging, alles ging seinen Lauf. Nicht schön, nicht so, wie es sein sollte – oder hätte sein können; aber, es lief, wie man so sagt. Frank arbeitete, sie schmiss den Haushalt, das klassische Klischee. Doch die ewigen Streitereien nervten Frank doch sehr. Wirklich sehr, so sehr, das er oft davor war alles hinzuschmeißen. Er war oft innerlich unruhig, ja, man müsste wohl sagen das Frank depressiv war, oder zumindest nervlich sehr angespannt. Zum zerreißen angespannt. Er wusste, vor allem nach einem schlimmen Streit nicht, wo ihm der Kopf stand. Zeitweise konnte man ihn sogar, wie es der Volksmund betitelt; ein nervliches Wrack nennen.

Am Schluss gab beinahe täglich Streit, was schließlich zur Trennung führte. Frank war zu der Zeit fünfundzwanzig, hatte Schulden, drei Kinder von zehn, neun und zwei Jahren. Alle Kinder wollte er nicht. Nicht wollen war falsch ausgedrückt - er war einfach zu jung gewesen, der Sache nicht gewachsen, was unweigerlich zu Stress in einer sowieso nicht recht funktionierenden Beziehung zum Schlussstrich führte.

Der Hauptgrund für die Trennung war letztendlich die Borderline-Erkrankung seiner zweitältesten Tochter, welche zu dem Zeitpunkt am Anfang der Pubertät stand. Das verwirrte ihn noch mehr. Diese seltsame Krankheit. Es stellte sich heraus, das ein „normal" denkender Mensch damit nicht zurecht kommt. Frank versuchte krampfhaft alles in geordneten Bahnen zu halten. Seine Ehe, seine Kinder. Er versuchte alles zu richten, geradezubiegen was er konnte. Aber, es gelang ihm nicht. Er scheiterte, nicht alleine, denn er erhielt keine Hilfe von seiner Frau. Der Bruch war dann irgendwann unaufhaltsam. Alles ging seinen weiteren Weg. Aber er war enttäuscht. Fürs Leben enttäuscht.

Erst besuchte er seine kleinen Mädchen noch eine Zeit lang. Das verringerte sich jedoch zunehmend, und als die Mutter mit den Kleinen in einen anderen Ort zog, der weiter weg war, sah er sie immer weniger. Irgendwann hatte er das Interesse völlig verloren und ging nicht mehr hin. Seine Töchter waren zu einer Sache geworden, eine kindliche Dummheit seinerseits, für die er heute Unterhalt zu zahlen hatte, für den er aber keine Gegenleistung bekam - keine Liebe.

Wenn ich so darüber nachdenke, war Liebe vielleicht das, was Frank zum großen Teil seines Lebens gefehlt hat. Er doch so gebraucht hätte. Ich sehe darin jedenfalls einen großen Grund, warum er so verbittert wurde. Denn das Schicksal meinte es weiterhin nicht besonders gut. Er war unkonzentriert. Das Ergebnis davon lies nicht lange auf sich warten - er verlor seine Arbeit, was hieß seine Wohnung aufzugeben. Er verscheuerte den größten Teil seiner Möbel an den Nachmieter, einiges an ein Geschäft, das gebrauchte Möbel verkauft... meldete sich arbeitslos und konnte so die Rechnungen zahlen und es reichte zum Leben. Aber nur wenn er wieder zu seinen Eltern ziehen würde. Also zog er widerwillig wieder zu seinen Eltern.

Dies alles ist nun etwa zwei, drei Jahre her. Ja, im April war es wohl, als er sein altes Kinderzimmer wieder bezog. Die Sache mit seiner gescheiterten Ehe, die Kinder, Borderline... das alles hatte ihn seelisch tief herab gestürzt. In ein schwarzes Loch, aus dem er nicht mehr aus eigener Kraft heraus zu kommen schien. Und es geschah nichts wo man hätte sagen können, was dazu geführt hätte, dass es ihm besser ging. Im Gegenteil. Alles in dem Haus seiner Eltern nervte ihn. Anfangs fühlte er sich als Versager, der sein Leben nicht in den Griff bekommen hatte. Die Ehe, die Kinder, den Job, kein Geld, keine Möbel, keine eigene Wohnung. Er musste reumütig wieder zu den Alten zurück, sich die Kriegsgeschichten vom Opa anhören... die ganze Scheiße.

Ja, es ging ihm sehr schlecht, sehr, sehr schlecht. In nichts mehr sah er einen Sinn. Nichts, auch nicht zwischendurch, was mal guttat. Nur Schmerz, nicht echt, aber es fühlte sich echt an – im Kopf. Wirre Gedanken, die sich wie ein Karussell drehten und zu keinem Ergebnis führten. Schlaflose Nächte. Hilflosigkeit. Bitternis. Keiner half, kein Gott, kein Staat, kein Supermann. Alles Quatsch, alles böse. Wenn er den Fernseher anstellte – Tod und Verderben – überall auf der Welt. Für Frank war es kein Wunder, dass er zu der Zeit nichts mehr als „Gut" erkennen konnte. „Wo war denn das Gute?", fragte er sich oft. Alle rannten dem Geld, dem Glück und der Liebe hinterher. So waren seine Gedanken. Täglich, immerzu. Am liebsten ging er in die Kneipe am Ende der Straße, in der sie wohnten. Er versuchte die Gedanken von dem was er so erlebte – was ihn so prägte... mit Bier aus dem Kopf zu spülen. Es gelang nicht. Meist hatte er nicht genug Geld dabei um besoffen aus der Kneipe zu kommen, was kurzzeitiges Vergessen bedeutete.

Ärger und Wut kochte so mit der Zeit in ihm hoch. So würde ein Psychologe, spätestens zu dem Zeitpunkt sein Verhalten als mittelschwere Depression betiteln müssen. Er war fertig mit der Welt. Alle Menschen auf der Welt waren Scheiße. Nieten... nicht er war der Looser, sondern die, die nicht verstanden. Die Gesellschaft war versaut. Keine echten Werte mehr vorhanden. Nichts wo es sich rentiert hätte weiterzuleben. Zu der Erkenntnis kam Frank, je mehr er grübelte. Irgendwann malte er sich im Kopf aus, wie und wo er sich umbringen würde, aber er konnte den Schlussstrich nicht ziehen. Hierfür fehlte ihm die Kraft, der Mut... also hatte sich mit der Zeit ein gewisses Verhalten seinerseits eingestellt. Eben das ihm alles egal war, ihn nichts mehr interessierte, ja, er oft pöbelnd durch die Welt lief.

Sein Verhalten ging soweit, dass er Selbstgespräche führte, oft vor sich hinmurmelte. „Ihr Scheißer oder Armleuchter," - war noch harmlos.

Frauen betitelte er zum Beispiel als „nachgemachte Gummifuzze, hässliche, alte Nutte", - dann setzte er – als Gag – noch einen drauf, indem er den Spruch noch höher spielte, und lachte dabei „oh, Entschuldigung - dumme, hässliche Nutte... ach nee, abartige, dumme, hässliche Nutte" - die Steigerung fand er besonders lustig und lachte verfressen: „Harharhar"

Natürlich machte er sich keine Freunde mit so einem Verhalten. Sein Äußeres trug ebenso nicht dazu bei, bei anderen anzukommen. Sein blondes Haar hatte, so schien es, seit vier Jahren weder Shampoo, Wasser oder Kamm gesehen. Sie waren bis auf die Schulter gewachsen, was nicht schlimm war – das schlimme war, dass die Haare in alle Richtungen standen und fettig waren. Er dazu, stets unrasiert war. Er kaputte, dreckige Jeans trug. Seine Mutter schämte sich dafür. Oft genug hatte sie ihm gesagt er solle seine Sachen in die Wäsche tun, was er aber nicht tat. Gleiches galt für die T-Shirts und Hemden, die auch nicht mehr gut rochen. Man könnte auch sagen: er lief herum wie ein Penner. Aber das war ihm auch egal. Wenn jemand ihn wegen seines Äußeren ansprach, antwortete er mit: „Verpiss dich" oder „neidisch, hä?", oder einfach: „Arschloch, schau halt wo anders hin." Was alles zu noch mehr Ablehnung führte. Noch nicht einmal seine Kumpels in der Kneipe hielten zu ihm. Hier und da lachten sie über einen seiner Gags oder Sprüche, aber meistens schauten sie in die andere Richtung wenn er in die Kneipe kam. Eigentlich schlossen sie ihn aus, sprachen nur das nötigste mit ihm. Am ersten des Monats gab Frank daher hier und da ein Bier aus. Dann klopften sie ihm wieder auf die Schulter. Er wusste, dass das verlogenes Gehabe war, und dies hasste er besonders, dieses Getue, dieses falsche Lachen, aber, außer Denen hatte er sonst keinen. Sie sprachen wenigstens mal von was anderem. Sport, Weibern und so. Auch wenn ihn das nicht wirklich interessierte. Er hatte keinen mehr. Dort hatte er wenigstens ein wenig das Gefühl dazu zu gehören, zu dieser Gesellschaft. Die lehnte er ja eigentlich ab, aber... aber so war es nun mal... man musste irgendwen haben. Zum Reden. Sonst war man einsam. Und dann dachte man wieder wie man sich umbringt oder über die ganze Scheiße auf der Welt.

Kapitel 1

„Frank", schrie seine Mutter von unten herauf. Sie wohnten in dem Haus, was sein Vater, wie er oft betonte, „mit eigenen Händen erbaute. Stein auf Stein" - Frank konnte es nicht mehr hören. Nicht nur, dass stets die gleichen Storys erzählt wurden – von allen um ihm herum, - nein, sie benutzten immer und immer wieder die gleichen Worte und Gesten. Bei „Stein auf Stein" pflegte sein Vater immer die Hände so zu formen, als hätte er die Steine in der Hand. Sein Opa Fred ebenso „man hat dem Karl, er wohnte drei Häuser von uns im selben Ort" - Frank konnte die Wörter in Gedanken mitreden „da hat man ihm, direkt neben mir im Schützengraben in den Kopf geschossen. Er hatte soeben den Helm abgenommen um sich zu kratzen." Dabei schüttelte er stets den Kopf, was wohl heißen sollte, dass er das Geschehene bis heute nicht verstand.

„Frank", kam es schon wieder von unten - „ich hab Kuchen für dich gebacken."

Er hasste es. Er wollte es nicht.

„Die alte Schabracke, soll es doch einfach lassen", sprach er vor sich hin, machte sich aber auf den Weg, da sie sonst doch keine Ruhe gegeben hätte. Also machte er sich zähneknirschend auf den Weg und setzte sich wortlos an den gedeckten Esszimmertisch. Mit einem Lächeln klopfte ihm seine Mutter auf die Schulter - „alles liebe zum Geburtstag, Schatz". Sein Vater gab ähnliche Worte von sich, aber er hatte ihm nicht zugehört – nicht einmal angesehen, so hasste er ihn. Frank konnte ihn – und vor allem seinen Opa, kaum noch ertragen. Seine Mutter, nun, war halt seine Mutter. Sie nervte ihn auch, aber, seine... was auch immer – Liebe? Er glaubte nicht an so was, aber etwas ließ ihn noch irgendwie zu seiner Mutter stehen. Zuneigung? Nee, Mutterliebe beschrieb es wohl noch am ehesten. Es war wohl noch etwas aus der Kindheit davon übrig geblieben. Sie hatte ihm seine Wunden verbunden, und wenn er krank war, verarztet. Sie hatte ihm bei den Hausaufgaben geholfen und ihm beim Zubettgehen Geschichten vorgelesen. Das alles ging ihm durch den Kopf. Ja, er erinnerte sich. Es war nicht alles Scheiße auf dieser Welt. Erst seit er seit ein paar Jahren, als die Scheiße anfing, mit diesen Schreihälsen, da verwandelte sich die Welt in diesen gigantischen Misthaufen. Ja, das wurde ihm durch diese Gedanken klar, er hatte auch einen Hass auf sich selbst. Andere bekamen, wenigstens irgendwann, ihr Leben in den Griff – er nicht. Aber es war egal. Er lebte. Nicht gut, aber er konnte nichts daran ändern. Das war ihm seit langem klar. Es war ein Kreislauf. Geld steht im Vordergrund, dazu braucht man Arbeit. Glücklich ist man aber erst, wenn man die Liebe gefunden hat, mit den Kindern spielt. Nichts von alledem traf auf ihn zu, nichts von alledem hatte er, und er konnte es auch nicht erwerben, er konnte nichts tun. Eigentlich wartete er auf den Tod – jetzt schon. Denn ein Tag war wie der andere, und kein Tag war schön. Nie. Frank hatte resigniert, seit langem. Das verstand nur keiner.

Er kaute das letzte Stück des trockenen Kuchens, was auf seinem Teller war und sagte dann: „Tschau, ich geh in die Kneipe."

Sein Vater schüttelte den Kopf, ebenso sein Opa, und, als Frank aus der Tür war, tat es Monika ihnen gleich. Sie verstand ihren Sohn auch seit langem nicht mehr.

„Ich wäre froh", sagte Eric, als er die Tür draußen hörte, und er wusste, das Frank das Haus verlassen hatte - „wenn er endlich einen Job hätte, und er ausziehen würde. Das wäre für alle das Beste."

Monika nickte bejahend. Eric sprach nur aus, was alle Betroffenen dachten – sie merkte jedoch an, dass das Schicksal es ja nicht gut mit ihm meinte, wusste jedoch ebenso gut, dass es anderen auch nicht besser oder schlechter ging. Dennoch hatten sich die Meisten, denen es so, oder so ähnlich erging, nicht so entwickelt, wie er sich entwickelte.

Die Kneipe war so gut wie leer. Auf dem Hocker an der Theke, saß nur sein Kumpel Thomas. Es war kurz nach sechzehn Uhr. Sie redeten nicht viel. Thomas begleitete ein ähnliches Schicksal wie Frank. Sie stierten wortlos vor sich hin und tranken ein Bier nach dem anderen. Einmal schaute Frank in seinen Geldbeutel, um zu sehen wie viele Biere er sich denn heute leisten wird können. Sam, der Wirt, schrieb zwar auf den Bierdeckel an. Aber das wollte er nicht. Nun, es würde für zehn Bier reichen. Damit hätte er genug. Er wäre besoffen genug um alle Scheiße dieser Welt für eine halbe Stunde zu vergessen.

Im Hintergrund in der Kneipe lief, so auch an diesem Tag, leise Musik. Radiomusik halt. Wie in tausenden Kneipen dieser Welt.

Plötzlich aber drangen Klänge an Franks Ohren, die ihm gefielen. „Sam, mach mal lauter." Sam gehorchte nickend. Langsam wandte Sam sich zu dem Radio, welches wohl aus den siebziger Jahren seinen Weg in diese Kneipe fand. Er drehte an dem silbernen Knopf des braunen Radios.

Franks Stimmung besserte sich Zusehens, als er das Lied hörte. „Wer ist das?", fragte er die beiden Anwesenden. Doch diese hoben nur die Schulter. Von ihnen bekam er keine Antwort. Diese erhielt er vom Sprecher des Senders, als das Lied geendet hatte: „Ja, das war der gute alte Lemmy von Motörhead mit einem ihrer größten Hits – Ace of Spades... ja, der Gute lebt wohl für immer, jedenfalls seine Musik. Freunde, weiter geht's mit..."

Frank hörte nicht mehr hin. Er hatte den Song noch im Ohr. Man, das war das Beste was er je hörte. Er musste mehr von diesem Lemmy erfahren.

Womit keiner der Beiden anderen rechnete; Frank zahlte und ging, sozusagen vorzeitig, nach Hause. Ohne daheim Hallo zu sagen, machte er sich wortlos in sein Zimmer. Dort angekommen schaltete er seinen alten PC an. Frank wollte mehr wissen über diesen Lemmy.

Kapitel 2

Alles, was er im Internet von Lemmy und der Band, Motörhead, sah und hörte, begeisterte Frank. Als er den PC angeschaltet hatte, war es auf seiner alten Armbanduhr 17:33 Uhr. Jetzt zeigte sie ihm 01:46 Uhr an.

Frank rieb sich die Augen. Er war müde. Seine Mutter hatte ihn – es muss wohl so zwischen 18 und 19 Uhr gewesen sein, mindestens ein dutzend mal zum Abendessen gerufen. Er hatte nicht reagiert. Es war nur, nach jedem rufen von ihr, Wut in ihm hochgekocht, weil sie ihn halt mal störte. Aber die Doofen verstanden ja nie etwas, hatte er gedacht – nicht mal das er auch gern mal seine Ruhe hatte, oder wie jetzt, sich mal was angucken mochte. Nun, irgendwann gab sie endlich Ruhe. Irgendwann hatte er aber schon Hunger. Er lies, es muss so gegen 23 Uhr gewesen sein, den PC laufen, ging runter an den Kühlschrank, schnitt sich ein gutes Stück Wurst ab, welche, Gott sei Dank, da war, und machte sich damit davon. Er setzte sich wieder vor seinen Computer und schaute weiter. Videos, Konzertausschnitte, eine Art Biographie von Lemmy, Interviews... er sog alles in sich auf. Von Anfang an, also dem Moment an, wo er sich mit Lemmy und allem was damit zu tun hatte, beschäftigte, ging es ihm besser. Er fühlte sich irgendwie besser, sein Herz drückte nicht mehr so. Es war so, als ob sein Brustkorb gewachsen wäre. Irgendetwas, er merkte es, wusste aber nicht warum, hatte ihm – seit vielen Jahren, ein Lächeln auf seine Lippen gezaubert. Aber, nun, kurz vor drei Uhr in der Nacht, wäre es doch Zeit ins Bett zu springen und eine Mütze voll Schlaf zu erhaschen. Er dachte dies, und dann noch, dass er heute vielleicht mal durchschlafen könnte, ohne, wie sonst, alle Stunde auf den alten Wecker schauen zu müssen, der ihm in roten Lettern jeweils anzeigte, dass die Nacht noch nicht zu Ende war. Murrend drehte er sich dann stets noch einmal um, um zu versuchen noch einmal einzuschlafen. Was jedoch meist nicht gelang, und wenn doch, nur, nach einiger Zeit des hin und her wälzen`s im Bett, bis ihm alles weh tat und er irgendwann aufstand. Meist so gegen acht Uhr morgens.

Acht Uhr. Heute passte ihm diese Zeit, denn er hatte einen Termin auf dem Arbeitsamt. Da musste er hin, sonst würden die Vollblutidioten ihm sein Geld streichen. Er musste zugeben, dass er den Termin immer nach hinten schob, bis sie ihn anschrieben und warnten, dass sein Tun Konsequenzen hätte, wenn er nicht bis zum Tag X erscheinen würde. Heut´ war so ein Tag. Er musste hin. Denn wenn dies geschehen würde, dass er ohne Geld seinen Eltern auf der Tasche läge, dann wäre ihr Gejammer gar nicht mehr auszuhalten. Und ja, vielleicht wäre es dann auch berechtigt, obwohl - jeder der Kinder in die Welt setzt, also geplant, der sollte schon wissen, dass a, Kinder Geld kosten, und b, man irgendwie immer für sie verantwortlich war oder ist.

Bei diesem Gedanken, verschwand der Ansatz der guten Laune, die gestern Abend durch Lemmy angeflogen war. Sein Brustkorb schien sich wieder zu verengen. Er hatte das Gefühl keine Luft mehr zu bekommen, alles wegen dem Gedanken an die Kinder. Er hatte ja selbst drei und kümmerte sich nicht um sie. Zum ersten mal seit Jahren kam er auf die Idee, dass er seinen Eltern vielleicht doch etwas Unrecht tat.

Frank blieb stehen und schüttelte den Kopf - „nein, sie waren Kleinkariert und typisch Deutsch." Das ging ihm durch den Kopf und er atmete tief durch. Er war spät dran und musste weiter.

Das mit seinen Kindern war was anderes, dachte er, er war viel zu jung, Selina ebenso. Die Kinder waren nicht geplant, dann diese seltsame Erkrankung mit der kein normal denkender Mensch zurecht kam. Keiner da außer ihm, der versucht hätte, alles auf die rechte Bahn zu lenken.

Nein, er schaute auf seine Uhr, er musste los. Alles, was er für seine Kinder tun konnte, war auf dieses scheiß Amt zu gehen, alles mit diesem Superarschloch zu regeln. Dann bekamen die Gören und er weiterhin Geld und die Welt konnte sich weiterdrehen. Er ging schneller, um noch einigermaßen pünktlich zu sein.

Kapitel 3

Wieder zuhause angekommen, sprach er mit seiner Mutter. Zu seinem Glück war der Alte mit dem Opa im Garten.

„Hey Mam", er versuchte ein Lächeln. „Ich", stotterte er, - „ich möchte mich für gestern bedanken, entschuldige... du weißt ich kann das alles nicht so gut... ich danke dir also... für alles, den Kuchen und so". Er sah das seine Mutter langsam Tränen in die Augen bekam und daher lies er das Getue mit den Tränen, das wollte er nicht.

„Ich wollte dich fragen ob du mir bis zum nächsten ersten ein paar Euro leihen kannst. Ich möchte mir eine CD kaufen. Seine Mama lächelte. Sie drehte sich um und nahm ihre Tasche, die im Esszimmer, wo sie sich befanden, dort um den Stuhl hing. Sie nahm die Geldbörse heraus und drückte ihm zwanzig Euro in die Hand.

Was seit Jahren nicht mehr geschah, lies bei ihr nun die Tränen die Wangen herunter kullern. Frank hatte sie auf die Wange geküsst und danke gesagt. Dann verließ er das Haus und ging in die Stadt. Er wollte sich eine CD von Lemmy kaufen.

Monika war gerührt. Es schien ihr als ob etwas mit ihrem Sohn geschehen wäre. Etwas Positives, unerklärliches. Doch, sie schüttelte den Gedanken von sich weg. Nur weil er einen Anflug von Gefühl zeigte - nein, er konnte sich nicht, quasi über Nacht, in einen anderen Menschen verwandelt haben. Und das auch noch ohne ersichtlichen Grund. Und doch, so hatte er sich seit so vielen Jahren nicht mehr benommen. Sie kannte ihn, seit so langer Zeit schon, nur noch als negativ eingestellt, sogar eher aggressiv, alles missachtend – groß, klein, alt und jung. Sehr wohl hatte sie verfolgt wie er sich, immer mehr, zu einem - ja, Arschloch, verwandelt hatte. Der liebe, nette Junge, wie eine Mama ihn sich wünscht, das war er nie. Er war, Durchschnitt eben, wie Tausend andere Jungs, wie er klein war.

Nicht, das Ausnahme-Kind mit großem Talent, das hätte sie auch nicht gebraucht. Nein, eigentlich war alles ganz gut, bis er halt zu früh Vater wurde. Darüber gab es bei keinem der Angehörigen Diskussionen. Dass die Beiden nicht ein Herz und eine Seele waren, sah jeder, ebenso, dass sie nicht mit den Kindern zurecht kamen. Sie einfach zu jung und unerfahren und man ihnen – als Großeltern, nicht alles zeigen konnte. Ja, er hatte es verdammt nicht leicht. Und ja, es war absehbar, das es nicht gut gehen konnte. Für vieles hatten sie, gerade als Eltern und Großeltern Verständnis gehabt. Aber dass er so wurde, wie er wurde, dass er zum Beispiel seine süßen Mädchen so vernachlässigte, sogar quasi ihre Existenz leugnete; sprichwörtlich gesehen - das hatten sie nicht verdient und das verstand auch keiner. Dass ihm alles egal war, ihn nichts interessierte, er nur noch vor sich hin lebte - vegetierte eher gesagt, dies verstand auch niemand, die ihn kannten. Dass er in seinen doch noch jungen Jahren sozusagen mit dem Leben abgeschlossen hatte, sich keinen Job mehr suchte, war auch etwas, das sie nicht nachvollziehen konnten. Dass er alles um ihn herum verachtete. Ja, das alles war schlimm für alle um ihn herum. Dass er keinen Rat annahm, sich gegen alles stellte, was ihm hätte guttun. Um so mehr freute es sie, dass heute, wie es schien, mal ein Ausnahmetag war. Sie hatte ihm gern das Geld für seine CD gegeben. So lange hatte er keine solche Idee gehabt. Er kannte ja nur noch sich Bier in der Kneipe hinter die Binsen zu kippen. Genau, dachte sie sich. Noch nicht einmal für Musik hatte er sich mehr interessiert. Dabei, erinnerte sie sich weiter, hatte er mal mit einem Kumpel, der – ihrer Erinnerung nach, Keyboard gespielt hatte, immer ein wenig Musik gemacht. Sie wusste nicht genau, was die Zwei immer so geschafft hatten. Aber, nach Franks Erzählungen aus der Zeit, hatte der Typ – sein Name fiel ihr gerade nicht ein, gesungen und Keyboard gespielt und Frank hatte ihm immer gesagt wie oder was er gern wollte. Blues, Rock´n Roll oder was sie auch spielten. Sie waren ja noch halbe Kinder.

Nun, was nutzte alles Grübeln, nur Gott, der Herr, dachte sie, wird wissen was noch kommt. Wer sonst konnte es wissen oder Einfluss auf Frank haben. Sie hatten seit langem keinen Einfluss mehr auf ihn. Keiner. Wenn schon Selina oder seine Kinder nicht... seine Mama... wer außer Gott könnte das Rad herumreißen und in eine für alle bessere Bahn lenken. Wer, wenn nicht Gott, dachte sie erneut.

Frank war nach circa einer guten halben Stunde zu Fuß an dem Plattenladen, welcher schon seit seiner Kindheit existierte, angelangt. Er war guter Dinge. Er konnte es sich selbst nicht erklären warum er sich so gut wie seit ewigen Zeiten nicht mehr fühlte, aber es war auch egal. Es war so und es war gut so und wer wusste, wie lange es anhalten würde. Morgen war ein anderer Tag. Er hatte einfach gut geschlafen. Das war wohl der Grund, sagte er sich.

Frank betrat den Laden. Dieser war relativ groß. Mehrere brusthohe Regale, voll von CD´s – alphabetisch und nach Schaure geordnet verliefen die Regale längs durch den rosa getünchten, rechteckigen Laden. Er suchte also erst nach Hart-Rock, Rock´n Roll oder Heavymetal. Dort, unter „M" wie Motörhead, wurde er fündig. Frank blätterte die CD´s durch. Am liebsten hätte er alle gekauft, doch hierfür würde sein Geld bei weitem nicht reichen. Er hätte auch weiterhin alles kostenlos im Internet hören können, aber er wollte etwas zuhause haben, von dieser Musik die ihn so fasziniert hatte. Ein Stück von „Lemmy" wollte er erhaschen. Er wusste selbst nicht warum, aber es musste sein. Sein neugieriger Blick blieb jedenfalls bei einer CD hängen, deren Titel „1916" war. Frank konnte nicht viel mit dem Titel anfangen, er fand das Cover aber ganz ansprechend. Es war eine Art Kranz darauf zu sehen und verschiedene Fahnen. Frank erschien das modern, ach, er wusste selbst nicht, warum gerade dieses Cover ihn ansprach. Er kannte ja keinen Titel, nur das halbe Lied, dass im Radio lief. Er wusste nicht mehr, wie dieser Song geheißen hatte, daher kaufte er die CD und machte sich wieder auf den Heimweg. Er war sehr gespannt darauf, wie sie ihm gefallen würde. Vielleicht waren die Lieder ja alle Scheiße und das eine Lied, welches ihm so gefiel die Ausnahme, aber er wusste in seinem Herzen, das dem nicht so war. Alle Lieder darauf würden super sein, das hatte er im Urin.

Zuhause angekommen, ja, er schrie ein kurzes „Hallo" ins Wohnzimmer, wo seine Eltern vor der Glotze hockten, ging er ohne weitere Umwege in sein Zimmer, warf den alten CD-Player an, schmiss die Kinder-CD, die wohl seit hundert Jahren darin sein musste, lächelnd hinter sich, und legte die neue CD ein. Sofort drehte er lauter und setzte sich, um möglichst entspannt die Musik zu hören in den einzigen Sessel im Zimmer. Ein alter Sessel mit Rhombenmuster, der übriggeblieben war, als die Alten sich ein neues Wohnzimmer leisteten. Den hatte er sich geholt. Früher hatte er öfter darauf gesessen und Musik gehört. Das hatte er ganz vergessen. Er hatte es geliebt. Die ganzen alten Blues und Rock-Songs. Er hatte ja einige CD´s, aber seit langem nicht mehr gehört. Egal.

Was er jetzt hörte war jedenfalls nicht egal, es war geil. Abartig geil. Einfach nur extremst geil. Ein Song besser als der andere. Aber das war es nicht alleine. Also, nicht nur, das ihm die Musik einfach nur gefiel - er konnte sich nicht erklären, was diese Musik mit ihm machte. Seine Stimmung wurde besser, er fühlte sich gut. So gut wie seit langem nicht. Er musste mehr haben, mehr, mehr, mehr... von Lemmy. Frank fühlte, dass es sich bei diesem Mann, Lemmy, um jemand Besonderes handeln musste. Klar, er war Rockstar, Weltstar. das galt ja für einige auf dieser Welt – aber nur Prominent sein, deshalb ist man noch lange nichts Besonderes. Und Rockstars gab es ja auch einige. Aber bei Lemmy war das anders. Frank fühlte eine gewisse Verbundenheit mit Lemmy... das war verrückt - oder? Nein, er selbst fühlte sich ein wenig als Rebell; jedenfalls anders als Andere. Er und Lemmy, das hatte er gelesen – sie Beide waren anders als Andere. Vor allem fühlte er eine starke Emotion. So was kannte er bis dahin nicht. Nicht einmal ansatzweise. Und dies konnte er erst recht nicht erklären.

Ihm wurde, durch seine Überlegungen klar, das die Musik sozusagen genau sein Ding war – aber dieses Gefühl welches Frank spürte, dies löste ein Mensch aus, den er nicht einmal kannte. Und dies war schon auf eine gewisse Art verrückt. Aber es fühlte sich gut an. Dies war ganz was Anderes als bei seinem Vater – oder Opa!

„Den würde ich gern näher kennenlernen", murmelte er vor sich hin, - „aber", wurde ihm klar - „das liegt so weit weg wie die Sonne vom Mond." Allein dieser Gedanke machte ihn so traurig, dass es ihm wieder die Brust einengte, gerade wo er mal etwas Luft bekommen hatte. So kannte er es. Aufwärts ging es selten, aber immer Bergab. Aber eines wurde ihm durch dieses Gefühl-Hick-Hack klar. Wenn er Lemmy kennenlernen möchte, würde er was ändern müssen. Er würde Geld brauchen.

„Man, was passiert hier... mit mir... durch diese Musik... durch Lemmy... man..." - er murmelte dies vor sich hin, währenddessen die CD noch lief. Mittlerweile war er am Titelsong angelangt. Dem letzten Lied – 1916. Nun würde er erfahren, was es damit auf sich hat.

Er nahm das Booklet aus der CD und lehnte sich zurück und konzentrierte sich auf das Lied und las zeitgleich den mitgelieferten Text mit.

1916 war demnach der erste Weltkrieg und ein junger Soldat ist mit seinem Freund unterwegs. Ihm kam natürlich direkt sein Opa in den Sinn. Und im Text kamen beide ums Leben sein Opa hatte wohl Glück.

Frank bekam plötzlich Tränen in die Augen. Nun verstand er seinen Opa... dank Lemmy.

„Man" er verstand das alles nicht, „man", - sagte er erneut vor sich hin. „Man, Lemmy, was tust du? Was?"

Er schüttelte den Kopf. Plötzlich war er müde. Frank war geschafft und dafür hatte er auch keine Antwort. Er schlief auf seinem alten Sessel ein.

Es war nur ein kleines Nickerchen und er war nach ein paar Minuten, vielleicht einer viertel Stunde, wieder erwacht. Was er in diesen Minuten jedoch träumte oder hatte er es sich nur eingebildet? - war noch unverständlicher als das, was er bisher durch die Musik, oder was auch immer, erfahren hatte. Lemmy war in seinen Traum und er sagte zu ihm – wenn es keine Einbildung war: „Hör zu, mein Freund; mach das Richtige, es ist nicht so, dass du´s nicht weißt oder vergessen hast wie es geht. Du warst nur in einem Loch. Geh da raus und mach dein Ding. So mach ich es schon immer, o.k.? Oder lass es. Dazwischen gibt's nichts. Ein ewiger Kampf."

Da wurde Frank wach, das war Zuviel. War er jetzt verrückt, oder auf den Weg dorthin? Nun, es dämmerte ihm - es war eine Nachricht. Egal wer nun die Hände im Spiel hatte. Jemand hatte ihm gesagt, das er sein Leben ändern solle, und verdammt, dieser Jemand – der, in seinem Traum... dieser Typ... Lemmy... er hatte Recht. Frank verstand, er schob es auf die Inhalte der Liedtexte, die er gehört hatte. Er hatte verstanden und gelernt. Die Welt war wie sie ist, die konnte er nicht ändern. Aber vieles verstehen, all die Dinge, die da beschreiben waren, die keiner wollte und die dennoch immer und immer wieder passierten. Die konnte man nicht verhindern. Aber, wenn man sich Mühe gab die Dinge zu verstehen, dann konnte man damit leben, damit umgehen. Das hatte er nie versucht. Warum auch. Das Meiste ergab keinen Sinn. Bis jetzt. Bis er verstand worauf es ankommt. Das hatte man ihm im Schlaf beigebracht. Mit zwei Sätzen. Mach dein Ding oder lass es - das war die Sprache, die Frank verstand. Seine Eltern oder alle um ihn herum redeten nur Bla, Bla, Bla. Aber diese einfachen, beinahe schon Kommando-haften Worte, die – in allen Texten der Lieder – wachrüttelten, sagten, was Sache ist, wie: Die Politiker küssen Baby´s (für´s Foto), und lecken dir dann die Eier, was soviel hieß, wie dass sie dir dann, wenn sie gewählt sind, das Geld aus der Tasche ziehen. Seine Texte brachten es auf den Punkt. Damit konnte Frank was anfangen. So auch, wie mit dem eben Gesagten: Mach es oder lass es. Und – mach es richtig. Scheiße bauen die anderen. Das war die Sprache von Frank. Er wollte sich auch immer kurz und bündig ausdrücken.

Im Endeffekt war es egal wer oder was ihm was ins Ohr geflüstert hatte, es hatte gewirkt. Frank musste mehr wissen, was tun, was ändern.

Kapitel 4

Im Moment wusste er nicht wie, wo, was oder wann er anfangen sollte. Und mit wem. Geld. Er brauchte Geld. Das war das Einzige was ihm klar war. Dieses Supertrottel-Arschloch, welches zufällig im Arbeitsamt auf der anderen Seite des Schreibtisches saß, und sich darauf was einbildete, hatte ihm doch Adressen gegeben. Vielleicht sollte er sich doch da mal melden?

Frank hatte die Zettel noch, total zerknüllt, in seiner Jackentasche, einer blauen Jeansjacke. Er glättete den Zettel und las die Telefonnummer. Frank zückte sein Handy und wählte die Nummer. Eine freundlich klingende Frauenstimme drang an sein Ohr.

„Wie kann ich Ihnen helfen?" - fragte sie, nachdem sie sich mit ihrem einstudierten Firmenspruch vorgestellt hatte.

„Ich würde mich gern in Ihrer Firma bewerben," antwortete Frank.

Zwei Tage später

Frank hatte den Job. Es war eine Fabrik die Teile für Autos herstellt. Kein anspruchsvoller Job, aber einer mit dem Frank gutes Geld verdiente. Er gab sich Mühe, versuchte alles richtig zu machen und dies gelang ihm. Die Arbeit verschaffte ihm außer Geld auch wieder etwas Selbstvertrauen. Bereits nach dem ersten Lohn schaute er sich nach Wohnungen um. Er fand eine im nächsten Ort. Frank musste ein paar Monate sparen, um sich ein paar Möbel zu kaufen. Da die Firma, in der er gerade angefangen hatte am expandieren war, hatte er, was unüblich war, bereits nach sechs Wochen einen Festvertrag bekommen, sodass er die Möbel in Raten abbezahlen konnte.

So kam, was kommen musste: kaum drei Monate, nachdem er dort angefangen hatte, zog er bei den Alten aus. Er konnte die Zweizimmerwohnung hübsch einrichten. Es fehlte an nichts... doch, eine Frau. Eine Frau wäre toll, dachte er – vor allem Nachts, alleine im Bett, machte sich Einsamkeit breit. Die bucklige Verwandtschaft, wie er sie oft nannte, war zwar störend, aber – so gar keinen um sich herum, das war öde. Sehr sogar. Wenn Lemmy´s Musik nicht gewesen wäre, er wäre verrückt geworden. Die Musik gab ihm so viel. Gerade, als beim Job die Arbeit zur Routine geworden war, brauchte er, wenn er heimkam etwas, was ihn wieder auf den Boden kommen ließ – und dieses Etwas war laut. Zu laut konnte er seine Musik aber nicht aufdrehen, da es sich um eine Einliegerwohnung hantelte, und er seine Vermieter aus dem Bett geholt hätte. Schon gar nicht, wenn er von der Nachtschicht kam. Ihr Schlafzimmer musste sich unmittelbar über seinem Wohnzimmer befinden. Also nahm er oft Kopfhörer. Wenn er Lemmy hörte, setzte er oft in seinem bequemen Sessel, der aus schwarzem Kunstleder bestand – er schloss dann die Augen, vergaß alles um sich herum, und alles war gut. Bis er die Augen wieder öffnete. Dann war wieder alles grau um ihn herum, selbst wenn die Sonne schien.

Nein, noch war es nicht so, dass er sich wirklich besser fühlte. Obwohl viel passiert war. Der Auszug von den Alten war das Highlight. Die Arbeit war auch gut, denn dadurch ging es ihm etwas besser und sein Geldbeutel füllte sich – immer schneller. Die eigene, ganz ansehnliche Wohnung, schicke Möbel, ein Auto vor der Tür, alles fühlte sich aber unecht an. Wie ein Ring aus dem Kaugummiautomaten. Im ersten Moment funkelte er wie ein Diamant, doch wenn man ihn betrachtete, sah man, dass es billiges Plastik war. So fühlte er sich. Denn die Gedanken waren noch an einem anderen Ort. Seine Kinder kamen ihm immer wieder in den Sinn. Oft wurde er schweißgebadet wach. Oder die Vergangenheit – das, was so schieflief, lies ihn gar nicht erst einschlafen. Er befand sich in einer Art Wachkoma. Er war wach genug seine Arbeit zu verrichten, ging kaufen, die Dinge des Lebens halt – ohne zu leben. Die Einsamkeit machte ihm zu schaffen. Lemmy – oder die Einbildung von ihm, gab ihm öfter Mal Mut, indem er ihm im Halbschlaf ins Ohr flüsterte: „Du machst das schon" - oder: „nur weiter, deine Zeit wird kommen – ich weiß das". Und -

„Vertraue". Wenn dies geschah, war er hellwach und sprang förmlich aus dem Bett. Dann schüttelte er den Kopf um zu prüfen ob er wach war. Ein Blick auf die Uhr sagte ihm dann, dass es drei Uhr in der Nacht war und dann legte er sich wieder hin. So verrückt ihm diese Erscheinungen – oder was es auch war, vorkamen, seine Worte – Lemmy tat ihm immer gut. Dennoch war es verwirrend. Da war ein fremder Mann, der ihm mehr bedeutete, als sein eigener Vater. Durch ihn hatte er alles, was er nun besaß, nebst Job. Er konnte sogar etwas von den Empfindungen seines Opas durch ihn verstehen. Ja, Lemmy hatte sein Leben verändert, und dies, ohne echten Kontakt. Aber es bestand ein inneres, tiefes Verständnis. Frank wusste, oder glaubte zu wissen, wie dieser geniale Musiker tickte. Frank dachte, dass wenn er ihn kennen würde, dass sie echte Freunde werden könnten, weil sein innerstes in seinem Herzen – dies unbeschreibliche Gefühl da war, das er und er gleich tickten - jedenfalls ähnlich. Aber genau genommen lag diese Vorstellung im Land der Spekulation. Er musste sich im klaren sein, dass so etwas wohl, ohne Geld, eher nicht passieren würde. Selbst, wenn er das Geld eines Tages zusammenhätte um ihn, theoretisch, besuchen zu können, wäre es mehr als ein Sechser im Lotto. Mister Rock´n Roll kennenzulernen war quasi unmöglich, so hieß es. Jedenfalls für Privatleute.

„Na, man wird sehen" - murmelte er vor sich hin. Er hatte es sich jedenfalls fest vorgenommen. Irgendwann sollte es soweit kommen. Kommt Zeit, kommt Rat, sagte man ja nicht umsonst.

„Aber", so wurde Frank in dem Moment klar, „er wird nicht alles für mich tun. Er ist ja auch nicht mein Vater." Bei diesem Gedanken lächelte er vor sich hin „er wird mir keine neue Frau suchen", und er lächelte noch mehr „das muss ich selbst tun" - murmelte er letztendlich vor sich hin. „Die neue Frisur und ein frisches T-Shirt hab ich ja" - nun musste er sogar leise lachen.

Es kam ihm eine Idee. Frank machte sich in seinem kleinen Wohnzimmer, wo er auf seiner grauen Couch hockte, an die Arbeit, indem er den neuen Laptop, der direkt vor der Couch auf einem kleinen Glastisch stand, öffnete, und sich eine Adresse einer

Singlebörse heraussuchte. Er suchte eine Frau – lächelnd.

Herbst 2013 - ein paar Tage später

Frank hatte einige Interessentinnen auf dieser Plattform gefunden. Es wurde dort gechattet, Mails wurden geschrieben und auch telefoniert. Doch die Richtige schien nicht dabei zu sein.

An diesem Abend jedoch, er kam gerade von der Mittagsschicht, und es war bereits nach dreiundzwanzig Uhr, da erschien ein Bild einer Frau auf seinem Bildschirm, die sein Interesse weckte. Sein Herz schlug sofort höher beim Anblick des Fotos. Da es bereits zu spät war, würde er heute nicht mehr die angegebene Telefonnummer wählen, aber, Frank schrieb eine Mail, in der er ankündigte die Angebetete morgen – auch zu später Stunde noch anrufen zu dürfen.

„Ich würde dich, zu einem späteren Zeitpunkt gern kennenlernen, wenn du dies auch willst. Ich schlage aber vor erst zu telefonieren", schrieb er.

Am nächsten Tag, einem grauen Novembertag, telefonierten die Beiden und es wurde ein langes Gespräch. Sehr lange. Denn, nachdem man, wie man es so tut, sich erst einmal förmlich mit Namen vorgestellt hatte, begann Frank von einem „Frank" zu erzählen, was der so tat, was er so erlebte... von einer gescheiterten Ehe und den drei Mädchen, mit denen er keinen Kontakt mehr hatte, das er nun aber arbeite, und es ihm eigentlich gut ging – bis auf die Einsamkeit.

„Lass mich raten", sagte Tina, so der Name der netten Lady am anderen Ende der Leitung - „dieser Frank bist du, stimmt´s?"

Ersteinmal musste ich schlucken, eine Gedenkpause einnehmen – zu lange wohl, denn irgendwann fragte Tina nach, ob ich denn noch am Apparat sei. Und ich beantwortete kleinlaut: „Ja, du hast es richtig erfasst. Ich bin dieser Frank. Ich... ich hoffe, du hast nun kein Problem damit, und bist immer noch daran interessiert mich kennenzulernen", stotterte ich etwas ängstlich, da ich befürchtete das sie nun abspringen würde. Das tat sie nicht. Wir verabredeten uns für den nächsten Tag. Einem Samstag. Da ich Schuhe brauchte wollten wir in ein Schuhgeschäft.

Kapitel 5

Die Jahre vergingen. Alles war wie in einem Traum – nicht immer traumhaft schön, aber doch, die Zeit war überwiegend gut. Aber recht oft schmerzte mein Herz auf diese besondere Art. Irgendwie fehlten mir nun meine Kinder.

„Lemmy, ich brauch dich", murmelte ich vor mich hin.

„Wie bekomme ich es hin, nach der langen Zeit, dass sie mit mir reden?" - dachte ich weiter.

Ja, ich musste es zugeben. Lemmy hatte mir geholfen – ohne dass er anwesend gewesen war. Er war in meinem Kopf, durch seine Musik, seine Art Texte zu schreiben und zu reden. Ich glaubte ihn zu kennen, wie ihn sonst nur ein Bruder kennen könnte. Eine Seelenverwandtschaft nennt man es wohl, was uns verband – oder besser mich verband so etwas. Ich glaubte kaum, dass er auch so empfand, wo er mich doch nicht einmal kannte.

Mir wurde bewusst, das ich mich um das Thema Kinder selbst kümmern musste. Ich sinnierte. Wir schrieben nun das Jahr 2014, ich würde bald neunundzwanzig Jahre alt sein. Es war März, mein nächster Geburtstag stand vor der Tür. Im letzten Jahr war ich bei den Eltern ausgezogen, davor hatte ich wie lange die Kinder nicht gesehen? Vier Jahre musste es her sein! Man, was war ich für ein Arsch! Mir wurde klar, dass ich – beziehungsweise – wir, die Fehler machten. Die Kinder konnten nichts dafür. Ja klar, diese scheiß Krankheit, aber, auch dafür konnte sie nichts - oder? Nein, natürlich nicht! Den Anspruch, der Vater des Jahres zu werden, den hatte ich zu keinem Zeitpunkt. Aber wer hat den schon? - aber die Kinder zu vernachlässigen, nur, weil man es selbst nicht gebacken bekam? Das war nicht richtig, dies wurde mir in dem Moment bewusst.

„Wie macht man so etwas?", stellte ich mir selbst die Frage.

Ich nahm das Handy aus der Jeans, suchte in den Kontakten nach Selina. Ob ihre Nummer noch aktuell war? Ich ließ es klingeln. Nach nur drei Klingeltönen ging sie zur meiner Verwunderung an den Apparat.

„Ach, schau an" - meldete sie sich schnippisch. „Der verlorene, versoffene Sohn... was verschafft mir denn die Ehre?"

„Hi", antwortete ich so freundlich, wie ich es in der Sekunde vermag. „Ich...", sagte ich zögernd - „ich verstehe deinen Ärger, und ich muss zugeben, dass du recht hast. Wir haben beide Fehler gemacht, aber den Kontakt abreißen zu lassen, das war mein Fehler. Und ja, ich hab sehr lange gebraucht, bis ich zur Besinnung kam. Und ja, da hast du auch recht, da war auch Alkohol im Spiel. Kann sein, das der meine Gedanken vernebelt hat... das sollte er ja auch. Ich hatte es nicht leicht!"

„Genauso wenig wie ich", unterbrach sie mich.

Ja, auch das stimmt wohl, ich sag ja, du hast in allem recht, den größten Teil unserer beider Misere hab ich versemmelt – jedenfalls den letzten Teil. Den, dass ich die Kinder im Stich ließ. Aber nun wurde mir das alles klar!"

„Mach weiter so", flüsterte mir eine raue Stimme ins Ohr!

„Lemmy", schrie ich fasst vor mich hin.

„Was?" - fragte Selina.

„Ach nichts, entschuldige... da ist so eine fremde Katze draußen am Fenster", log ich.

„Ach so"... „ach so", wiederholte sie, und dieses zweite Mal meinte sie damit - „und nun meinst du, du rufst nach der langen Zeit an, und alles ist gut."

„Nein, sicher nicht, aber ich muss einen Anfang machen. Jeder von uns Menschen macht Fehler. Es hat aber auch jeder die Chance, diese Fehler zu korrigieren – oder? Jeder Gefängnis-Knacki bekommt die Chance, nicht wahr?"

Man konnte förmlich hören, wie das Getriebe in ihrem Hirn klapperte. Mein letzter Satz hatte Wirkung gezeigt. Sie wurde weich, das wusste ich. Ich kannte sie ja von Kindheit an. Geheimnisse gab es da nicht. Ich hatte mir nicht vorgenommen sie weichzuklopfen, aber, es war so – dies verriet mir ihre Antwort.

„Ja, o.k., wie stellst du dir das vor?"

„Hast du ein Auto? Dann treffen wir uns in einem Cafe oder Restaurant, ich lade euch ein. Oder ich hole euch ab!"

„Treffen wir uns... wann?"

„Wie wäre es am Samstag?"

„O.k. - um achtzehn Uhr?"

„Ja, super, ich freue mich", sagte ich, und das war nicht gelogen.

Ich musste es Tina sagen, dies wurde mir klar. Ich würde meine Ex sehen – und, vor allem, meine Kinder. Sie würde nicht dabei sein wollen, aber sie würde Verständnis haben. Dessen war ich mir sicher. Wahrscheinlich würde sie sich sogar freuen. Angst hätte sie nur vor der Ex. Aber sie würde mir vertrauen. Und das konnte sie auch.

Sollte ich ihr erzählen, dass Lemmy mir ins Ohr geflüstert hat? Besser nicht. Das verstand wohl keiner. Ich verstand es ja selbst nicht.

Nun, um es kurz zu machen, ich traf an diesem Samstag meine alte Familie. Tina hatte, wie erwartet, kein Problem damit. Lächelnd verabschiedete sie sich, wie üblich mit einem Kuss, und wünschte mir alles Gute und viel Glück.

Nach diesem Treffen, was holprig begann... keiner wusste im ersten

Moment was er sagen sollte, bekamen wir es, während dem Essen hin, eine „normale" Unterhaltung zu führen, und wir versprachen uns, uns nun öfter zu sehen.

An diesem Abend war ich sehr stolz auf mich. Was hatte ich nicht alles geschafft. In nur gut einem Jahr. Nun stand nur ein Ziel noch offen – ein Treffen mit Lemmy. Eine herausfordernde Aufgabe!

Die Uhr tickte unaufhaltsam. Minuten, Stunden, Tage, Monate. Ich sparte Geld. Jeden Cent. Lemmy wohnte in Los Angeles, genauer – Hollywood. Da musste ich hin. Egal wie.

Das Schicksal spielte mir ein Ass zu. Motörhead kam nach Deutschland. Sogar in der Nähe meiner Stadt! Düsseldorf, das war nicht weit. 12. November. Da musste ich hin. Das war eine Chance!

Ich wusste noch nicht wie ich ihn zu fassen bekommen sollte, doch plötzlich wusste ich – ich würde es schaffen. Ich sah vor meinem inneren Auge einen Film. Ich sah, wie er sich verwundert zu mir drehte, und mich lächelnd begrüßte.

Ich wusste, dass sich dies nur in meinem Kopf abspielte, doch mein Herz schlug höher.

Am selben Tag kaufte ich eine Eintrittskarte für das Konzert. Aber ich musste mich in Geduld üben. Es lagen noch Monate bis dahin dazwischen.

Kapitel 6

Teil 2

12. 11. 2014. Würde dies der Tag meiner bisherigen Tage werden? Würde ich IHN treffen, mein Idol – den God of Rock'n Roll - meinen Seelenverwandten. Was würde ich ihm sagen? Wie sollte ich es überhaupt schaffen ihn zu sehen? Ich wusste es noch nicht.

Nun, ein paar Mal – wenn auch weniger oft als Finger an einer Hand zu zählen sind, meinte es das Schicksal ausgesprochen gut mit mir. So auch an diesen verregneten Tag. Ob es nun einfach Zufall oder nun großes Glück war, bleibt eine philosophische Frage; jedenfalls war es so, dass – auf dem Weg vom Parkplatz zur Konzerthalle zwei Typen an mir vorbeiliefen – mich also überholten, die angeblich Insiderinformationen hatten, die wohl hießen, das Lemmy, immer wenn er hier in Düsseldorf wäre, eine bestimmte Kneipe aufsuchen würde.

Etwas abgelegen in einer Art Hinterhof wäre so was wie eine Cocktail-Bar. Würde passen, weg vom Rummel, aber kultig. So oder so würde ich das Lokal nach dem Konzert aufsuchen.

Die Schlange vor der M-Electric-Halle schien endlos zu sein. Ich reihte mich hinter die grölend-saufende Reihe der Fans ein. Mehr Männer als Frauen, schätzte ich. Das musste jedoch nicht stimmen, vielleicht war es nur in dieser Ecke so. Egal, ich fühlte mich wohl unter Gleichgesinnten. Wir wurden, wie das nun mal so ist, vorm Einlass auf Waffen, Fotoapparate und Flüssigkeiten abgetastet.

Über das Konzert kann ich nur wenige Worte verlieren. Einfach gigantisch. Ich konnte jedes Lied mitsingen. Der Bühne konnte ich, da ich alleine war, recht nahe kommen. Ich packte es, ziemlich mittig in die dritte Reihe zu kommen. Außer dass ein wahrer Riese mit schwarzer Lederjacke hier und da seinen hässlichen Kopf vorschob, hatte ich einen vorzüglichen Blick auf die Bühne.

Als das Konzert vorbei war, beschloss ich es langsam anzugehen. Lemmy würde Backstage erst einmal ein anderes Hemd anziehen oder so. Ich überlegte das Auto hier stehen zu lassen. Es stand gut hier, das Lokal war nicht weit weg, und wer wusste schon, ob man dort einen Parkplatz fand um diese Zeit? Also marschierte ich gemächlichen Schrittes los. Die App meines Handy´s wies mir den Weg. Es sagte mir, das dass Ziel, bei der Geschwindigkeit in guten achtzehn Minuten erreicht wäre. Ein Blick in meinen Geldbeutel zeigte mir, dass ich mir einen Snack – und mehr, leisten werden können. Ich verspürte Hunger. Zwei, drei Biere wären auch drin, sogar mehr, wenn ich wollte. Zur Not würde ich später im Auto übernachten, nahm ich mir vor.

Am Ziel angekommen war ich freudig überrascht. Ich verstand sofort, was Ihm hier so gut gefiel. Die Kneipe war gut besucht, aber nicht beengend voll. Die Einrichtung wirkte durch die kultigen Tapeten ungewöhnlich, war aber ansonsten sehr geschmackvoll eingerichtet. Kleine, gemütliche Ecken mit runden Tischen. Wände, teilweise kunstvoll verkleidet, boten ein insgesamt harmonisches Gesamtbild. Highlight war an der hinteren Wand ein riesiger Bildschirm, der ununterbrochen Szenen alter Spielfilme zeigte. Im Vorraum, der so gut wie leer war, hingen Spielautomaten. Somit war mir alles klar. Ich wusste, wo ich auf ihn zu warten hatte.

Erst einmal suchte ich die Toilette auf. Dann bestellte ich mir ein Bier an der langen, dunklen Theke. Eine Karte, die dort stand, verriet mir, das es Sandwisches gab. Ich entschied mich für eines mit Käse und Kochschinken. Wie sich kurz darauf zeigte, war es wie auf dem Foto abgebildet, mit Majo und Salatblatt garniert, und sehr lecker. Kaum aufgegessen, bestellte ich das selbe noch einmal. Der nette Kellner legte mir es auf ein Tellerchen. Das leere Bierglas und das leere Tellerchen räumte er weg. Kurz darauf stellte er ein neues Bier vor mich. Er lächelte freundlich und ich bedankte mich kopf- nickend. Als ich auch dieses aufgegessen und ausgetrunken hatte, schaute ich auf meine Armbanduhr. Es war eine gute halbe Stunde vergangenen, seit dem Konzert. Ich überlegte, dass man mit dem Taxi höchstens fünf Minuten braucht. Wenn er noch ein paar Worte mit den Leuten dort gewechselt hat, würde er, wenn er denn überhaupt käme, demnächst hier eintrudeln. Ich trank den Rest Bier aus, bestellte noch eines und begab mich zu den einarmigen Banditen. Dort standen runde Stehtische die mit einer weißen Tischdecke bis untenhin bezogen waren. Auf einen von denen stellte ich mein Glas. Damit es nicht so aussah, als warte ich auf ihn, obwohl es ja so war – beschoss ich ein paar Münzen in einen der Apparate zu werfen.

Kurz kam mir Tina in den Sinn. Vor kurzem war sie Krank gewesen. Und wir waren in eine örtliche Kapelle gewesen. Wir hatten dort für die Gesundheit der Familien gebetet. Mir fiel ein, das Lemmy nicht an Gott glaubte. Er hasste angeblich sogar die Kirche. Ich mochte nicht darüber nachdenken, ob er recht hatte. Zu bestimmten Dingen des Themas hatte er sicherlich Recht – so dachte er – genau wie ich, dass sicher nicht eine Jungfrau ein Kind gebar. Jedenfalls unterschied uns der Glaube. Ansonsten ähnelten wir uns ja wie eineiige Zwillinge. Uns hatte das Beten in jedem Fall geholfen. Tina ging es im Moment gut.

Der Spielautomat holte mich aus meiner Gedankenwelt. Es rappelte und knatterte. Ich hatte eine Serie. Ich hatte Glück - gleich zweimal. Eigentlich hatte ich nicht mehr damit gerechnet – aber Lemmy kam die Tür rein. Mein Herz klopfte bis zum Hals.

Aus den Augenwinkeln hatte ich, trotz aller Aufregung durch den Spielautomaten, die Bewegung an der Tür mitbekommen. Ich drehte mich also um und schaute Lemmy direkt in die Augen. Ich musste lächeln – er lächelte zurück. Das Verrückte: Genauso sah ich ihn vorher schon in meiner Vorstellung. Die selbe Szene!

„Guten Abend", sagte er in Deutsch. Und fügte dann mit seiner rauchigen Stimme hinzu: „Luckyboy, Hey" - er hatte mitbekommen, dass sich meine Kasse gerade füllte.

Er hatte mich eine Zeitlang betrachtet, und wo ich nun gar nicht damit rechnete - er fragte mich, nun in Englisch: „Warst du eben im

Konzert?"

Da hatte ich mich doch nicht geirrt. Ich hatte, während des Konzertes mehrere Male das Gefühl, das er mich angeblickt hatte, wohl, so vermutete ich, weil ich ihm ja äußerlich nicht unähnlich sah. Der Bart, die Haare und so, als ob er eben meine Gedanken gelesen hätte, meinte er: „Ist, als ob ich in einen Spiegel schaue", meinte er.

Mir stand Schweiß auf der Stirn. Auch das hatte er gemerkt, und erwähnt: „Nur ruhig, ich bin´s nur", er lachte leise.

„Ja, Er war da" - ich überlegte, was ich sagen könnte, damit ich nicht gänzlich wie ein Idiot auf ihn wirkte. „Kann ich dir was zu trinken besorgen?" - fragte ich immer noch aufgeregt.

„Year, das wäre cool."

„Lass mich raten: Whisky-Kola mit viel Eis, o.k.?"

„That´s nice", antwortete er und nickte zustimmend.

Ich nahm das gewonnene Kleingeld aus der Schute. Das wirkte wohl sympathisch auf ihn, lächelnd meinte er: „Lass dir nur Zeit."

Das war nett. Viele sahen in ihm ja einen rauen Klotz ohne Manieren, aber das sagten nur die, die ihn nicht kannten. Er selbst soll mal gesagt haben: „Ich sehe nicht aus wie ein Gentleman, aber ich bin einer."

Als ich mit einem Glas zurückkam lachte er schon lauter: „Ich zeig dir mal, wie man das macht." Dann ging er in Richtung Theke. Als er wieder zurückkam, hatte er eine Flasche Whisky in der rechten und ein leeres Glas in der linken Hand. Beides stellte er auf den Tisch, wo noch mein halbes Glas Bier stand. Er hatte die Flasche geöffnet und goss ins Glas. „Prost" - sagte er, und hielt mir das Glas hin, nahm das erste Glas, das ich ihm gebracht hatte. Wir stießen an und tranken. Ich konnte es nicht glauben. Ich trank hier mit IHM Schnaps... unglaublich!

Und dennoch sah ich in dem Moment Bilder von Tina vor meinem inneren Auge. Wie Schnappschüsse die man mir vor die Nase hält, sah ich drei, vier „Fotos" - vom hübschem Gesicht, ihrer Figur. Warum das so war, weiß ich nicht. Es dauerte nur wenige Sekunden, dann lachte ich wieder mit Lemmy.

Tina lag im selben Augenblick im Bett, griff mit der rechten Hand suchend in die leere Betthälfte. Ein Stromschlag der angenehmen Sorte hatte sie gerade sprichwörtlich elektrisiert, als sie – kurz vorm Einschlafen an mich dachte, so hatte sie mir später berichtet. Sie, so führte sie in ihrem Bericht aus, hatte – genau in dem Moment, in dem ich da mit Lemmy stand und Whisky trank, ein unglaublich starkes, tiefes... sehr intensives Gefühl... Gänsehaut überlief sie am ganzen Körper. Im Bauch kribbelte es, wie bei Verliebten. Wie tausend Schmetterlinge. Sie sah genauso mich vor Augen, wie ich sie! Auch ich hatte ein ähnliches Gefühl. Unbeschreiblich, aber bei mir wohl nicht so ausgeprägt wie bei ihr. Sie wusste ganz genau Bescheid. Wir konnten uns später beide nicht erklären, wie ein Paar über diese Distanz solche Ahnungen, beinahe mystischer Natur, haben konnte.

Eigentlich habe sie sich gerade zuvor über sich selbst Gedanken gemacht. Sie war wegen ihrer Leber besorgt. Der behandelnde Arzt, der die Ultraschalluntersuchung durchgeführt hatte, hatte ja Entwarnung gegeben. Der Besuch heute bei der Frauenärztin ergab jedoch, das verschiedene Werte im Blut zu hoch seien, was abgeklärt werden solle. Sie möge sich einen Termin holen.

Aber nun ging es ihr richtig gut. Mir ging es gut. Das freute sie unglaublich und es führte dazu, das sie sich ebenso besser fühlte. Tina wusste, das ich auf einer hohen Welle ritt. Wie ein ausgehungerter, der nach langer Durststrecke nach Leben rief. Wir selbst hatten uns oft genug gegenseitig versichert, dass unser beider Leben um ein Tausendfaches Reicher und Lebensfroher wurde, durch unsere große Liebe, die wir empfanden. Doch etwas, das wusste Tina nur allzu gut, fehlte in meinem Leben. Ich hatte ihr erzählt, das in mir quasi ein zweites Wesen wohnt. Nach Außen, erklärte ich ihr einmal, bin ich der „normale" Typ, bei dem einiges im Leben schief lief, was mich jedoch keinesfalls von vielen Anderen unterschied.

Doch mein wahres Wesen, war eigentlich das Wesen eines Künstlers.
Malers, und – vor allem Musikers. Ein Musiker ohne Instrument,
aber einer, der die Musik in sich trägt und dies in Texten ausdrückt.
Und ich konnte nie wirklich meine Kunst leben. Die zeitweisen
Episoden, in denen ich mit meinem alten Kumpel Musik machte,
waren ohne Belang. Es hatte sich immer wieder herausgestellt, dass
sein Mundwerk größer war, als sein Mut oder Wille, ernsthaft als
Musiker zu agieren. Obwohl wir oft davon redeten. „Du wirst schon
sehen", hatte er mir oft versprochen, „mit deinen Texten und meinem
Können am Keyboard und mit meiner Erfahrung, werden wir die
Charts noch erobern."

Nun, Lügen und große Worte begleiten diese Welt. Wenn man damit
einen Faden spinnen könnte, könnte man ein Seil daraus machen,
welches zum Mond und wieder zurück reichen würde.

Aber oft genug ließen mich diese Gedanken in ein dunkles Verlies
stürzen. In dem Dunkelheit und Trauer herrschten. Und Schmerz.
Trauer, um die Dinge, die man alleine nicht erreichen konnte – und
klar, Schmerz, weil Enttäuschungen – egal, ob man nun etwas dafür
kann oder nicht – einfach immer weh tun.

Tina wusste das alles. Sie wusste von der Dunkelheit, die mich des
Öfteren umgab. Von der Sehnsucht, die ich hatte. Die Leere, die
blieb, weil ich nicht frei sein konnte. Nicht das Leben führen konnte,
das ich hätte leben können. Sicher – uns Beiden war bewusst, dass
das auf viele Menschen zutraf. Es drehte sich bei mir aber nicht um
das Scheitern einer Ehe, oder, das ich die Kinder nicht sah. Dies
waren meine Fehler, die es hieß wiedergutzumachen. Nein, bei mir
war es das unterdrückte Wesen in mir, das abzusterben drohte, und
nun, durch Lemmy wieder zu neuem Leben erwachte. Und ihre
Liebe sendete mir rosa Wolken in denen ich mich wohlfühlte. Und
ich empfing diese Wolken, sah sie in Form der „Fotos", die ich sah.
Und ich sendete zurück, wie ein Walkie Talkie funktionierte unsere
innere Verbindung.

Tina schloss danach selig die Augen und schlief mit einem leichten

Lächeln ein. Ich selbst lachte laut. Lemmy ebenso. Wir verstanden uns gut. Ihm gefiel sichtlich, und das sagte er auch: „dass ich mal einen anderen um mich herum hab, der nicht von der Band ist, oder damit zu tun hat."

Er wurde kurz ernst, und meinte dann weiter: „Ja, ich bin auch gern mal alleine. Du kannst es dir vielleicht nicht vorstellen, aber es kann auch ab und zu mal nerven, wenn du in dein Hotel kommst, und es stehen Weiber vor der Tür, du verstehst."

Ich dachte mir, dass er ja keine zwanzig mehr war. Vor Jahren hatte er sicher nichts, was einen Rock anhatte im Regen stehen lassen. Ich konnte das verstehen. Auch ein Rockstar wird ruhiger. Auch wenn gerade ER es nicht zugeben würde. Lemmy leiser? Niemals, jedenfalls nicht nach Außen. Das wäre entgegen seinem Image. Und das war ja auch in Ordnung.

Ich nickte ihm zu. Themenwechsel, dachte ich, sodass die tolle Stimmung, die zwischen uns entstanden war, erhalten blieb.

„Ein Spiel?" - fragte ich, und zeigte auf die Apparate.

„Ja", stimmte er zu - „deshalb bin ich hier", lachte er.

Und so tranken wir und spielten und lachten. Ich musste auf Kola umstellen, war bereits leicht benebelt. Lemmy war wie immer. Es wurde ein einmaliger Abend – oder vielmehr Nacht. Es war bereits nach drei Uhr.

Und ich wusste nicht warum, aber er hatte, so schien es jedenfalls, einen Narren an mir gefressen. Man sagte ihm ja nach, dass er eher der Einzelgänger war. Menschen eher scheute, man nicht an ihn ran kam. Nun, bei mir war es nicht so. Auch er verspürte, so schätzte ich, diesen unsichtbaren Draht, der uns verband. Ja, da war eine Wellenlänge, auf der wir schwammen, die Männer zu Freunden werden lassen kann. Auf diesem Pfad befanden wir uns. Und es war großartig. Ja, wir beide vergasen die Welt um uns herum. Wir lachten viel, sprachen über Gott und die Welt, bis Sie uns, es war kurz vor Fünf Uhr morgens, aufforderten zu zahlen, Sie würden bald schließen. Lemmy nickte, er hatte verstanden und trank aus. Er ergriff die Initiative, indem er zahlte. Als der Kellner weg war, fragte er mich, was ich jetzt tue. Nachdem ich mich bei ihm wegen dem Übernehmen der Rechnung bedankt hatte, hob ich die Schultern:

„Ich fahre heim, zu meiner Freundin", meinte ich kleinlaut. „Aber ich würde dich liebend gern wiedersehen", fügte ich schnell hinzu.

Was dann kam, wollte ich nicht glauben, es zeigte mir aber, dass ich mit meiner Vermutung Recht hatte. Er konnte mich richtig gut leiden, mehr noch! Was er sagte, war der Beginn einer Freundschaft. „Nun", begann er - „ich hab frei, bis zum nächsten Konzert sind es noch einige Tage... kann ich dich begleiten?" - fragte er mich!

Mir stand der Mund offen, und ich konnte im Moment nicht antworten. Er lachte leise, nahm mich in den Arm und klopfte mir auf die Schulter: „Ich nehme an, deine Antwort bedeutet ein – ja!"

„Ja, ja" - schüttelte ich bejahend den Kopf - „lass uns gehen!"

Und wir verließen das Lokal. Ich erblickte, ein paar Meter von unserer Position, nur auf der anderen Straßenseite, einen Taxistand. Ich erklärte ihm, dass mein Auto noch auf dem Parkplatz stand und dass wir zu Fuß laufen müssten. Das gefiel ihm genau sowenig wie mir. Wir gingen zum Taxistand.

An meinem Auto angekommen, gingen wir dort in der Halle noch beide auf die Toilette, dann fuhren wir zu mir. Ich hatte Tina per Handy informiert, dass ich einen Überraschungsgast mitbringen würde. Nun, ihre Freude war unüberhörbar: „Juchhu", schrie sie ins Telefon. „Aber, da muss ich aufräumen", meinte sie.

„Ja, o.k.", sagte ich, und fügte hinzu, dass sie sich Zeit lassen kann. Die Fahrt würde circa vier Stunden dauern.

Während der Fahrt meinte Lemmy: „Ich bin neugierig, erzähl mir von deinem Leben."

Ich überlegte einige Zeit, formulierte in Gedanken.

„Alles war verrückt. Nie kam ich zur Ruhe. Die Erde dreht sich eben – nun, nachdem ich deine Musik hörte. Da wollte ich mehr von dir erfahren. Wollte dich kennenlernen, da änderte ich mein Leben. Ich ging zur Arbeit, an den Ort, wo ich seit nun so vielen Jahren, Tag und Nacht mit Schichtarbeit mein Geld verdiente und bis heute verdiene. Zuvor war für mich die Welt nicht wirklich in Ordnung. Na ja, meine Ehe lief nicht wirklich gut. Meine zweitälteste Tochter erkrankte, so jedenfalls die erste Diagnose – an dem Borderline-Syndrom. Sie ritzte sich Arme und Beine auf. Dies bekam ich – so nebenbei - von meiner ehemaligen Frau erzählt, als ich von der Arbeit kam. Ich war sehr jung, noch in der Lehre.

Dass mit meiner damals neunjährigen Tochter etwas nicht stimmte, ließ sie mich täglich spüren. Wir verstanden uns nicht besonders gut. Meine Ehe zerbrach letztendlich am Streit und dem Stress, welcher aus dieser seltsamen Krankheit resultierte. Lass mich dir erzählen, wie das Schicksal noch mit mir spielte."

Lemmy nickte nur und hörte weiter ganz ruhig zu und trank ab und an an seinem Glas Whiskey. Er war echt großartig – beides, eine Flasche seiner Marke und tatsächlich ein Glas!... hatte er in seiner schwarzen Lederjacke verstaut, und eben aus seiner Garderobe geholt. Das er den Schnaps nicht aus der Flasche trank, imponierte mir.

Es war kühl und es begann zu regnen.

„Mein Leben in diesen Jahren war Scheiße. Du hattest recht, nie zu heiraten... für viele mag es gut sein, für uns Beide nicht, stimmt´s?"

Lemmy nickte lächelnd, aber zustimmend.
„Nun, ein schlimmes Ende öffnet die Pforte für etwas Gutes,

Schönes. Und dieses Gute und Schöne hat einen Namen: Tina."

„Nach einer Zeit, die jeder Mensch braucht, um Dinge, wie oben kurz beschrieben, zu verarbeiten – richtete ich – so wie es nun mal meine Art ist – nach relativ kurzer Zeit, wieder die Augen nach vorne. Mir war klar, dass ich mein Leben neu arrangieren musste. Vieles war bereits geschehen. Ich hatte mir, nachdem ich bei den Alten auszog, eine Wohnung gesucht. Zwei Zimmer, Bad und Küche, mit Abstellraum, in welchem eine Waschmaschine und ein Wäschetrockner passten.

Man kann schon sagen, dass ich hier und da auch Glück hatte. Ich hatte beispielsweise genug Geld zur Verfügung, dass ich diese recht schöne Wohnung, welche in einer sehr schönen Gegend lag, mit Möbeln einrichten konnte, die mir gefielen. Ich konnte mir mein eigenes Reich schaffen. Und dies war mir richtig gut gelungen. Ich darf sagen, dass ich alles aus der Wohnung machte, was sie hergab. Das Ergebnis war so zufriedenstellend, dass keiner da war, dem die Wohnung nicht gefallen hätte. Man kann sie so beschreiben: modern, einfach, zweckmäßig, mit allem drin, was man so braucht – kurz könnte man sagen – guter Standard mit etwas Luxus. Ausgestattet mit meinen eigenen Bildern, welche ich malte. Öl auf Leinwand, überwiegend Landschaften. Zweimal Italien, eines Gardasee, eines Toskana. Alle Möbel, auch im Schlafzimmer, hatten dieselbe Holzoptik. Alles passte farblich zusammen.

Allerdings fühlte ich mich nie richtig zuhause. Es fehlte was. Die Wohnung war, obwohl voll eingerichtet, auf eine bestimmte Art leer. Es war wohl die Leere in meinem Herzen. Dem Ding, was man wohl als Einsamkeit bezeichnet. Ich ging weiter arbeiten, aß und trank, aber von Genuss, den schönen Dingen des Lebens – da konnte keine Rede sein. Da ich bis heute nicht richtig kochen kann, ernährte ich mich zu der Zeit überwiegend mit Fertiggerichten, welche mir aber schmeckten. Geldsorgen hatte ich keine. Ich war alleine, kam aber ganz gut zurecht. Die Tage kamen und gingen. Und klar, man machte

auf der Arbeit auch mal einen Gag, lachte – nur, um sich dann
umzudrehen. Dann wurde der Mund wieder zu einem geraden Strich
des Lebensstresses. Gedanken, oft üble, welche die gemachten
Fehler aufzeigten, kamen und gingen. Größtenteils ging es mir aber
gut. Ich war in der Einliegerwohnung bei guten Leuten unter. Fühlte
mich halbwegs wohl."

Tina, meine heutige Lebensgefährtin, Partnerin, Freundin,
Ratgeberin und Frau. Ich lernte sie, um ehrlich zu sein, auf einer
Plattform im Internet kennen. Sie war und ist der bisher größte
Glücksgriff in meinem Leben. Sie trat nur einige Monate nach der
Trennung in mein Leben. Bei ihr hatte ich von Anfang an ein gutes
Gefühl. Nachdem wir erst ein wenig chatteten, telefonierten wir, und
trafen uns nach rekordverdächtiger Zeit – nach nur einigen Tagen des
Beschnupperns am Telefon zu einem ersten Date.

Ich brauchte Schuhe und unser erstes Treffen diente tatsächlich
dazu, dass wir uns verabredeten, um für mich Schuhe zu kaufen! Im
Nachhinein muss ich mir selbst die Frage stellen: „ist das nicht
goldig?" - aber o.k. - so war´s eben. Andere treffen sich im Cafe –
ich Dussel im Schuhhaus, und dennoch war dieses erste Treffen von
Erfolg gekrönt.

Der Tag begann schon besser als ausgemalt. Tina, so hatten wir es
vereinbart, kam mich in meiner Wohnung abholen. Da stand sie vor
mir. Lächelte mich an. Ihre grünlichen Augen strahlten mich ebenso
an wie ihr Mund. Ihre blonde Lockenmähne wehte im leichten Wind.
Sie war sichtlich bester Laune. Ebenso wie ich. Es war November,
aber in dem Augenblick, als ich sie sah, ging für mich ein Licht auf,
wie ein Sonnenaufgang über´m See.

Lemmy unterbrach mich, er nippte an seinem Glas und sprach:
„Hey, du erzählst ganz gut, ziemlich ausführlich."

Ich glaubte ihm, er hatte nie gelogen – das hatte er nie nötig, dachte ich zwischendurch, wenn ihm was nicht gefiel, sagte er es. Er brauchte nicht zu lügen. Aber ich hatte das Gefühl, das ihm meine Ausführungen zu lang waren, er hatte lange genug zugehört.

„Ich denke," führte er fort - „das du ein Interessantes Leben geführt hast. Ich gebe dir einen Rat, o.k.? - schreib ein Buch über dein Leben, du verstehst. Das wird deine Gedanken ordnen, du wirst während dem Schreiben die Dinge im Kopf verarbeiten."

Er leerte sein Glas und füllte es unmittelbar danach. Die Flasche war bereits merklich leerer, seit unserem Gespräch. Er steckte sich eine Zigarette an, bevor er weiter redete. (Mein Auto war bis dahin ein Nichtraucherauto.)

„Ich will dir noch was sagen", meinte er und pustete aber erst den Rauch aus dem Spalt im Fenster, welches er für die Zeit in der er rauchte, geöffnet hatte. „weißt du, du gefällst mir, und ich will dir sagen warum, (er überlegte kurz) ich mag euch Fan´s, ganz Ehrlich, ich meine, ohne Euch Kids überlebt keine Band, o.k.? Aber, da sind auch welche, die gehen einem ganz gehörig auf den Sack, du verstehst. Da war so einer, vor etwa einem Jahr, ich glaub in Berlin. Der Typ schwang seinen blöden Schädel andauernd vor meiner Nase herum. Er wollte ein Autogramm, so ein Scheiß, ich war an dem Tag sowieso etwas angepisst. Es war so ein verschissener Tag, an dem nichts klappt, o.k.?! Und der Idiot tanzte vor mir rum. Ein Autogramm, ein Autogramm, bitte - und ich hab ihm gesagt, das er sein Autogramm bekommt, er soll mir nur etwas Luft lassen. Das Arschloch saß fasst auf mir. Ich hab ihm einige Male gesagt, er soll mal etwas rüber, aber, er hörte nicht. Da gab ich ihm einen Schubser und ich hatte meine Ruhe. Du bist da anders, das gefällt mir." Bei diesen Worten klopfte er mir auf die Schulter. Dann schnippte er seine aufgeraucht Kippe aus dem Fenster und schloss es wieder.

„Mach das mit dem Buch. Was hältst du davon, wenn ich dir noch ein paar Tricks zeige?" - wechselte er das Thema.

Und er sagte, er zeige mir ein paar Kniffe am Bass, bei Gelegenheit, o.k? - aber im Hinterkopf lies mich die Idee des Schreibens mich nicht los.

Am Abend, wenn er weg wäre, würde ich meinen alten PC anwerfen, und versuchten einen Anfang zu finden.

Aber dazu kam es erst einmal nicht, aber der Vorsatz blieb in meinem Gedächtnis erhalten. Wenn es soweit wäre, würde ich den Anfang finden. Lemmy hatte ja so recht. Ein Buch über sein Leben zu schreiben – dies hatte ich mal irgendwo gelesen oder im TV verfolgt, soll der Seele guttun. Gerade dann, wenn es kein leichtes Leben war, erinnerte ich mich an den Bericht. Na ja, kommt Zeit, kommt Rat, sagt man.

Erstmal kamen wir bei uns zuhause an. Tina hatte uns kommen hören, und war mir entgegengekommen – hatte vor mir die Haustür geöffnet und mich umarmt. Man spürte ihr ihre Freude an, ihr ganzer Körper bebte förmlich. Erst dann begrüßte sie Lemmy, mit den wenigen Worten die sie in Englisch konnte: „Hi, nice to meet you", lachte sie, und streckte ihm die Hand entgegen. Er zog sie zu sich und umarmte sie kurz und klopfte auf ihre Schulter. Dies war seine Art der Begrüßung. Tina gefiel es. Sie gab lächelnd die Tür frei und zeigte in das Wohnzimmer, lief dann den langen Gang vor.

Es war Mittagszeit, und mein Schatz, wie konnte es auch anders sein, hatte was zum Essen vorbereitet. Da sie nicht genau wusste, wann wir kommen würden, hatte sie nun je eine Portion auf Teller drapiert, und nun für je eine Minute in den Mikrowellenherd geschoben.

Beim Essen unterhielten wir uns ähnlich angeregt wie die Nacht bereits und unterwegs im Auto – und ich fragte mich, wo Lemmy die Energie herhatte. Ich verspürte große Müdigkeit, gerade nach dem Essen. Bei Lemmy war davon nichts zu spüren. Er redete, auch mit

Tina, was ich Größtenteils übersetzen musste. Aber es war ein großartiger Tag mit viel Humor. Lemmy bewies, dass er viel davon hatte. Seine Witze waren kurz und er schaffte es eine Pointe zu liefern, das man lachen musste.

Als Tina auf das Thema Gott zu sprechen kam, dachte ich – nein, nur nicht – aber er machte auch daraus ein paar Gags.

„Wenn Leute tun, was in der Bibel steht, und auch noch die andere Wange hinhalten, haben sie nur eines davon – mehr Schmerzen. Und nach kurzem Überlegen, fügte er dann noch hinzu: „Obwohl, ja - einmal ist mir ein Engel erschienen, blondes Haar, dicke Titten – und eine lange Zunge; du verstehst."

Das war nun die Art Humor, die Tina nicht verstand. Ich wechselte das Thema.

Nun, irgendwann war es denn auch bei ihm soweit, das er müde war. Nach 22 Uhr machte Tina ihm ein Bett auf der Couch zurecht, und mit den Worten: „Ihr glaubt nicht, wie oft ich auf Sofas schlief", und er zeigte auf die Couch - „das muss ich euch alles mal erzählen" - und er legte sich, ohne etwas auszuziehen, auf seine Schlafgelegenheit und schlief fast augenblicklich ein. Wir hatten beide ein Lächeln auf den Lippen als wir – hundemüde – in unser Schlafzimmer tappten. Zufrieden schlief auch Tina und ich kurz darauf ein.

Und ich träumte von ihm. Von den Witzen, der vorangegangenen Nacht. Von dem unvergesslichen Konzert. Ich sah aber auch Bilder in meinem Traum, die nicht so recht in die Szene passten. Ich sah meine Kinder vor mir, als sie noch klein waren. Dann sah ich Tina, wie sie sich für mich gefreut hat, ich liebte sie in dem Moment ganz besonders; jedenfalls hatte ich nach dem Aufwachen alle diese Eindrücke und Bilder immer noch vor Augen. Im Augenblick hatte ich jedoch keine Verbindung zwischen Lemmy und den Kindern, vielleicht käme da noch was, wischte den Gedanken zunächst beiseite. Ich fragte mich, ob es Lemmy genauso ging wie mir. Ob diese Tage für ihn ebenso Höhepunkte bedeuteten, die Momente, die wir genossen ebenso nicht vergessen würde – so, wie ich. Oder ob das alles für ihn nix aufregendes war. Alltag wie alle anderen. Ob er überhaupt je einem von mir erzählen würde? Ich verbannte auch diesen Gedanken. Es hätte mich nur wieder zur alten Traurigkeit, die immer noch in mir wohnte, zurückgebracht. Also stand ich auf. Mein Wecker zeigte mir in roten Lettern, das wir gleich zehn Uhr vormittags hatten. Ob er schon auf war? In der Hoffnung, das auch er sich für längere Zeit an mich erinnerte, beschloss ich, ihm – und somit auch mir selbst und Tina, die Tage so schön zu machen, wie es nur ging. Ich wollte nicht, das er mich vergisst, wie tausend Andere, die ihm, Zeit seines Lebens begegnet waren. Für ein paar Stunden oder Tage begegnet waren, was ich meinte ist, dass ich kaum glaube, dass er sich an all die Frauen erinnerte; wie sie aussahen, oder wie sie hießen. Auch an Männer, Roadies zum Beispiel, wohl kaum würde er sich an jeden erinnern, der ihm je über den Weg lief. An die vielen Musikerkollegen würde er sich sicher erinnern. An den guten alten Jimmy, mit Denen, die mit ihm auf der Bühne waren. Ist ja auch logisch. Man erinnert sich an Leute, mit denen man täglich zusammen ist, und nicht an Eintagsfliegen, wie ich wohl eine war.

War ich eine Eintagsfliege für ihn? Ich hoffte nicht.

Kapitel 7

Die Tage die wir bis zur seiner Abreise verbracht hatten, waren ebenso toll. Von dem Tag des Konzerts an, war, jedenfalls für mich, eine Freundschaft gewachsen. Dieses große Wort: Freundschaft, benutzt man nicht einfach so. Es hat, für mich und die meisten Andere auf der Welt, schon eine Bedeutung. Und ich rätsele bis Heute, ob diese innere Verbindung für Lemmy auch bestand.

Am Flughafen

Nun, im gewissen Sinne beantwortete er mir, oder besser uns, die Frage über die Freundschaft, denn er lud uns beide zu sich Nachhause nach Hollywood ein. Tina und mir stand gefühlt minutenlang der Mund offen. Er drückte erst Tina und klopfte ihr auf den Rücken, dann das gleiche Spiel bei mir – nur länger und ausgiebiger. Es tat so gut, wenn es auch für einen möglichen Zuschauer schwul aussehen mochte. Wir speicherten gegenseitig die Telefonnummern. Ich sollte mich dann melden wenn ich Urlaub hätte. Ich versprach es nicht nur, ich konnte kaum erwarten, bis es soweit war. Dann drehte er sich um und ging, nur mit einer kleinen Tasche in der Hand durch den Zoll des Flughafens. Sicherlich hatte er nur ein paar Unterhosen und ein paar T-Shirts dabei. Ich hoffte, dass er sich wieder umdrehte, was er aber nicht tat. Immer noch war ich von Ihm überwältigt. Er war ein Mann mit Charakter. Das spürte man bei jedem Wort, bei jeder Geste. Er strahlte Ruhe und Kraft aus. Er schien den meisten Menschen überlegen. Einfach nur cool. Er würde die Flugtickets zahlen. Ich hatte ihm gesagt, das ich zur Zeit nicht genug Geld hätte. Er hatte nur abgewinkt und gesagt das er die Zeche übernehmen würde. Dass er großzügig war, war ja kein Geheimnis.

Kapitel 8

Hollywood, here i comes... war mein Gedanke, als Tina und ich, während meines Sommerurlaubes, der drei Wochen dauern würde, im Flugzeug auf dem Weg nach Los Angeles befanden. Lemmy, der ja kein Autofahrer war, hatte am Telefon versprochen, dass uns ein Chauffeur vom Flughafen abholen würde. Sommer 2014 – es würde der Sommer unseres Lebens werden.

Als wir aus dem Zoll waren und unsere Koffer geholt hatten, machten wir uns auf den Weg zum Ausgang. Da musste ich schmunzeln, als ich dort jemanden sah, der ein Schild mit der Aufschrift: Frank + Tina – hochhielt. Lustig, und typisch Lemmy.

Draußen erschlug uns der dortige Sommer. Im Flugzeug und auf dem Flughafen noch 22/23 °C – hier – beinahe vierzig Grad Celsius. Hammer! In der weißen Stechlimousine, in die wir einstiegen, war es dann wieder kühl. Der Fahrer teilte uns mit, das Whiskey und Kola im Kühlschrank wäre. Tina und ich lächelten uns an. Eine Kola wäre gut. Auf der Fahrt zu Lemmy´s Heim (ich war gespannt wie groß sein Haus sein würde) las ich auf einem Schild einen bekannten Namen Sunset Boulevard. Und hinten auf einem der großen Hügel, da war etwas weltbekanntes zu sehen. Den „Hollywood"-Schriftzug. Etwa eine viertel Stunde später hielten wir am Straßenrand an. Ich blickte mich um und sah kein großes Haus, sondern ein schmaler Gang, der zu einem Innenhof führte. Eine Treppe führte zu Lemmy´s Wohnung.

Seine vom Aufbau her tolle und auch große Wohnung war nicht sehr hell. Was weniger an der Wandfarbe lag, sondern eher, das jede Ecke, jedes Regal, jeder Schrank oder Vitrine, vollgestopft war mit Zeug aus aller Welt. Figuren Bilder, Poster. Dinge von Wert? -

weniger, für ihn hatten Sie eine Bedeutung. Und einiges war beeindruckend.

Ein großformatiges Foto, wo er mit der Band darauf war – in Tokio! Die Kulisse von der Stadt schien tausendmal mehr Neonlichter zu haben wie beispielsweise New York. Ein Sammler hätte schon einige Dollar gelassen – alleine für dieses Bild.

Obwohl wir beide so überwältigt waren – auch Tina war die Begeisterung anzusehen, kam mir plötzlich ein komplett anderes Bild vor Augen, dass so gar nicht hier hinein passte. Vor wenigen Tagen noch musste ich mir große Sorgen um Tina machen. Sie hatte gesundheitliche Probleme, und wir waren, kurz vor der Abreise hierher noch in eine Kapelle um zu beten. Es war also klar dass ich, trotz allem um uns herum – aktuelle Zeitgeschichte! - nicht ganz bei der Sache war. Ich versuchte wieder den Gedanken wegzuwischen. Lemmy half sozusagen: er machte schon wieder Witze. Und – er hielt allen Ernstes jedem! eine Flasche Whiskey hin. Tina und ich mussten unwillkürlich lachen. Wir öffneten aber nur eine und teilten uns ein Glas. Beide gingen wir nach nur einem Glas zu Kola über. Lemmy merkte es entweder nicht, oder er ließ sich nichts anmerken, für ihn war es jedenfalls selbstverständlich. Es zeigte mal wieder seine Großzügigkeit.

Während den Tagen und Wochen darauf zeigte er uns die Umgebung. Wir aßen in den unterschiedlichsten Restaurants, lachten und tranken. Wir erzählten uns von unseren Erlebnissen. Unserem bisherigen Leben. Er zeigte uns später seinen Proberaum, der an einem anderen Ort war, und löste sein Versprechen ein, indem er mir zeigte, was man alles mit einem Bass zaubern konnte. Ich kam aus dem Staunen nicht heraus. Was ihm alles gehörte. Auch Gitarren, Verstärker, der berühmte „Murder One", Mundharmonika´s, ich befand mich quasi in einem immerwährenden Traum. Hunderttausende, ach was – Millionen Fans auf der Welt, männliche wie weibliche, hätten mich für all das, was Tina, und vor allem ich,

hier mit Lemmy erlebten, beneidet. Viele von ihnen hätten mir
richtig viel Geld geboten, wenn sie mit mir hätten tauschen können.
Und Lemmy? Ich glaube, der hätte sogar Verständnis gehabt. Aber
um kein Geld der Welt hätte ich mir das alles nehmen lassen. Im
Gegenteil, ich hätte bezahlt was ich nur könnte, und wenn ich bis an
mein Lebensende Raten hätte zahlen müssen. Es war, schlicht und
einfach ein unbezahlbares Erlebnis. Die Tage mit ihm würden sich,
für alle Zeit in mein Gehirn brennen. Unauslöschlich.Tina ist mehr
als eine Begleiterin in meinem Leben geworden. Sie wurde schlicht
und einfach das wichtigste in meinem Leben. Wenn sie nicht da war,
war es so als ob mir die Luft zum Atmen fehlen würde. Ich vermisste
sie stets, bis sie wieder zuhause war und wir uns küssten und
umarmten. Dies war zum täglichen Ritual geworden. Es war uns
unvergleichlich wichtig, die Umarmung, die Nähe. Nein, Sex musste
nicht im Vordergrund stehen. Das Herz spielte aber immer eine große
Rolle, bei Tina und mir. Wie bei Milliarden anderer Menschen auch.
In dem Moment musste ich darüber nachdenken, ob Lemmy das
Leben mit einer Frau vielleicht nicht doch ab und zu vermisst hat. Ja,
er sagte (und meinte) das er sich für den Rock ´n Roll entschieden
hatte, und das Frauen nicht passten. Dies wusste jeder Fan auf der
Welt, und ich wusste was er meinte. Er hatte auf seine Art Recht, wie
so oft. Das zeigte die hohe Scheidungsrate so vieler Rockstars.
Kurioserweise blieben die Ehen, wenigstens einiger amerikanischen
Rockstars erhalten. Waren die Engländer wilder? Eine Frage, die mir
zwar durch den Kopf ging, die mir aber selbst zu philosophisch
erschien, um sie mir zu beantworten. Tina mit ihm zu vergleichen,
dies war wie der berühmte Vergleich mit den Äpfeln und Birnen.
Aber eine Frage blieb: ich wusste ja, dass er mal sehr verliebt war.
Wenn diese Frau nicht gestorben wäre, wäre er heute noch mit ihr
zusammen? Hätte er den Grundsatz, dass Frauen und die Musik nicht
zusammengehörten je benannt? Eine nicht zu beantwortende Frage.

Lemmy versüßte mir jedenfalls den Abend mit seinem Bass. Wie
gut er war, bewies er indem er – vollkommen ohne jegliche
Begleitung, Blues sang – leise, ganz anders als man ihn kannte. Mir

war das Lied unbekannt, und er spielte Mundharmonika, eine Show
für Zwei! Aber was für eine! Unglaublich, unvergesslich,
bezaubernd. In gewissem Sinn bekam so sogar Tina mit, dass er über
Charme verfügte. Wenn man ihn so sah, erschien es mehr als
glaubhaft, dass er nur mit den Augen zwinkern musste, und die
Mädchen folgten ihm auf sein Hotelzimmer.

Nun, die Zeit verflog so schnell wie niemals zuvor in meinem
Leben. Die zehn Tage die wir mit ihm verbringen durften, waren
gefühlt so kurz wie wenige Minuten. Unbeschreiblich. Auch Tina
hatte mir in einer ruhigen Minute erklärt, wie toll sie das alles fand
und wie es ihr guttat, das es mir so gut ging. Alles negative, was wir
beide bisher je erlebt hatten, hatte Lemmy´s Radiergummi
ausgelöscht, sicher nicht für immer, aber für eine lange Zeit. Die
Erlebnisse, die Eindrücke, die Witze, sein Charakter – einfach seine
Art. Dies alles ließ in uns eine andere Sicht auf die Welt entstehen.
Seine Ideen, seine Ansichten über Gott und die Welt. Vor allem, seine
Art die Worte auf den Punkt zu bringen. Ja, er war ein
außergewöhnlicher Mensch. Dies merkten wir unenswegt.

Seine herzliche Seite zeigte er dann beim Abschied am Flughafen.
Er drückte uns beide gleichzeitig an sein Herz und klopfte – Tina
rechts, ich links auf die Schulter. Er küsste ihr auf die Wange und
flüsterte ihr Bey Bey Baby ins Ohr, das genügte das Tina eine Träne
über die Wange lief, und gleichzeitig musste sie lachen. Dann weinte
sie bitterlich, während Lemmy ihre Hand küsste. Das war zu viel. Sie
weinte sich an meiner Schulter aus. Dieser Augenblick trieb mir dann
auch die Tränen in die Augen. Das verrückte war, und dies fiel mir in
dem Moment ein, dass ich nichts hatte, was die Zeit mit ihm
dokumentierte. Kein Foto, nicht einmal auf dem Handy, bewies das,
wir das erlebt hatten. Im Glauben Lemmy eine Freude damit zu
machen, hatte ich gar nicht erst versucht dies irgendwie auf Film zu
bannen. Es gibt nur ein Foto, welches er mit meiner Kamera von mir
vorm Atlantik in LA machte – kurz bevor wir in ein Fischrestaurant
essen gingen. (Siehe Foto)

„Geht schon, macht schon... bevor ich auch noch wie ein Baby
heule", was er ganz sicher nicht gemacht hätte, waren dann seine
vorerst letzten Worte.

Sommer 2014. Er war zwar nicht vorbei. Es würde noch im zweiten
Teil meines Urlaubes einiges geschehen. Der Teil mit Lemmy war
aber doch vorbei. Und somit der erste Teil des Sommers.

Wir wollten in Verbindung bleiben. Und dies taten wir auch. In
gewisser Weise. Er war permanent in meinem Kopf. In vielen
Situationen - auf der Arbeit, Daheim. Es (ich) war verrückt.

Kapitel 9
Teil 3

Kaum zu Hause angekommen erwartete dann das nächste Abenteuer auf mich. Ich sollte Opa werden.

Die Realität hatte mich – hatte uns, also wieder.

Und ich hatte einiges vor mir.

Ich würde in ein paar Tagen wieder arbeiten gehen müssen. Zuerst sollte ich erfahren sollen, was es heißt Großvater zu werden. Gott sei Dank hatte sich in der letzten Zeit das Verhältnis zwischen meinen eigenen Kindern merklich gebessert. Wie wir uns versprochen hatten, sahen wir uns regelmäßig, es entstanden neue, tiefe Gefühle, was uns allen guttat. Tina und ich hatten uns oft zugesichert, welches Glück wir doch hatten. Nicht nur, das wir uns gefunden hatten, sondern, das unsere Kinder sich untereinander verstanden.

Wir lebten in einer Welle des Glücks. Unterbrochen hin und wieder von – wie es so schön heißt: Schicksalsschlägen. Bei uns in Form der Gesundheit. Meist bei Tina. Mir ging es größtenteils ganz gut. Klar, das Altern machte sich langsam aber sicher bemerkbar. Von einem Bandscheibenvorfall, der vor Jahren war – 2005, hatte ich immer wieder mal Schmerzen. Und auch mein linkes Knie, was zwischenzeitlich operiert worden war, meldete sich schmerzhaft ab und zu. Aber Sorgen bereitete Tina. Die Leber, ein Bauchwandbruch, und nun, wer kennt das nicht – wenn mal die Drei vorne steht, geht es mit der Gesundheit bergab. Jedenfalls, wenn man ehrlich zu sich selbst ist. Viele sagen ja, da ist man am vitalsten mit Dreißig, mag sein, aber dies trifft a – nicht auf jeden zu. Manch einer ist halt kränklicher – und b – es kommt sicher auch darauf an, wie man vom Leben geprägt würde. Diese Erfahrung würde ich meinem

Enkelchen – aber zuerst meiner Tochter Karina mitgeben, die mich heute zum Opa machen würde. Um genau zu sein, war das Kind bereits in der Nacht auf die Welt gekommen. Ich hatte nicht viel geschlafen - oder nur wenig geschlafen. Hatte mit ihr die erste Hälfte der Nacht gechattet.

Nun, hier und da fällt es mir schwer alles geordnet wiederzugeben, da so viel passierte. Lemmy war nicht unbeteiligt – er war gewissermaßen Glücksbote und Teufel in einem; zum einen, weil er, durch das, was er mir je ins Ohr flüsterte, Ratschläge gab, die ich annahm. Ich hatte ihm meine Arbeit und die Zusammenführung meiner Kinder im gewissen Sinn zu verdanken – und – er hat mir die Musik und die Liebe zurück in mein Leben gebracht. Aber – er war in meinem Kopf, was auch verwirrend war. Er war so etwas wie ein unsichtbarer Begleiter.

Daher nahm ich auch den einen Rat an, ein Buch zu schreiben. Ich wusste nicht, wie das geht, also schrieb ich, eigentlich täglich das Erlebte – so, wie man ein Tagebuch schreibt. Von 2014 an.

Ich erinnerte mich also an Lemmy´s Worte und schrieb

Nachdem die ersten Zeilen auf dem Blatt waren, lief es – zu meiner Verwunderung – erstaunlich gut! Angefangen hatte ich jedoch mit der Zeit in der ich Tina kennengelernt hatte (später kam ein Vorwort, ein Rückblick hinzu).
Diese Zeit war nicht nur der zweite Teil meines Lebens, sondern auch ein Neuanfang, daher:

Tina, neben Lemmy der größte Glücksgriff meines Lebens. Es war ein trüber Novembertag. Unser erstes Date führte uns ins Schuhhaus Wir fuhren mit ihrem Auto, einem dunkelgrünen Kompaktwagen eines deutschen Herstellers, welchen sie, seiner Farbe wegen liebevoll: „mein Urmelchen" - nannte, in die Stadt, wo sie mich zum Schuhhaus führte. Wir waren vorher schon an einigen Schaufenstern vorbeigeschlendert – was sie, während ich ein paar beige Slipper anprobierte, dazu bewog zu sagen: „Das ist so schön mit dir!" - einen Moment später, in welchem wir uns anlächelten, ging ich auf sie zu und küsste sie – es hatte bei uns beide „Bing" gemacht. Wir waren verliebt – von einer Sekunde zur anderen. Ihre Worte in dem Moment, bewogen mich, diesen Schritt zu tun. Es war gewagt – sie hätte einen Rückschritt machen können, weil es ihr beispielsweise zu schnell ging. Doch zu meiner Zufriedenheit erwiderte sie diesen ersten Kuss. Er war der Startschuss für unser beider Zukunft. Das Leben und das Schicksal bieten eben unzählige Facetten. Diese Chancen muss man erkennen und zugreifen. Das tat ich. Und wie gesagt. Das war ein Glücksgriff – wenn man seine Freundin so bezeichnen kann, ich durfte sie ja von da ab so nennen.

Nun erscheint einem ja, mit zunehmenden Alter um so mehr, die Zeit immer schneller werdend davonzulaufen, aber von nun an ging alles furchtbar schnell. Weihnachten lag vor der Tür und wir hatten beide noch keine Geschenke. Eines unserer nächsten Treffen diente also dazu Einkäufe für Weihnachten zu tätigen. Das taten wir dann auch.

Es war eine schöne Zeit. Die schönste seit dem Sommer. Obwohl nun Winter war, was so gar nicht mein Ding ist – der Winter - ich hasse ihn. Aber Tina versüßte mir die Zeit. Sie sorgte dafür, dass der Genuss, der mir verloren schien, wieder zurückkehrte. Sie kann wunderbar kochen. Die Fertiggerichte, die ich vor ihrer Zeit aß, blieben also schon mal im Laden. Und das war nur ein Punkt, wo sie mir das Leben wieder lebenswerter machte. Das Lachen war echt. Und mein Mund verformte sich nicht anschließend wieder zu einer Geraden des Ernstes – das Lächeln blieb. Auch noch wenn wir ins Bett gingen, kurz vorm Schlafen. Das schönste war: auch ich machte sie so glücklich wie sie mich. Es war und ist das Größte für einen selbst, dass wenn man was sagte oder tut – wie eine SMS schreiben und somit dem, den man liebt dies zu sagen, auch wenn man abwesend ist – seinem Liebsten damit ein Lächeln ins Gesicht zaubert, das ging soweit, das ich traurig war, wenn ich ihr Auto nicht vor meiner Haustüre parken sah, wenn ich von der Mittagsschicht kam. Und meine Augen glänzten, wenn ich dann sah, dass ihr Auto dort stand. Ja, oft wartete sie bereits auf mich.

An einem dieser Abende – man muss dazu sagen, dass Tina bis dahin immer recht früh ins Bett ging. redeten wir. Sie hatte sich, was das Zubettgehen anging, durch mich und für mich ändern müssen, und wohl auch wollen. Jedenfalls war es bereits spät – nach Mitternacht – der Fernseher lief zwar bei mir zuhause, aber wir redeten oft lange, über Gott und die Welt. So eben auch an diesem Abend, und Tina überlegte laut: „Weißt du", sagte sie - „ich stelle mir manchmal die Frage - ich war jetzt so viele Jahre verheiratet, was wäre, wenn wir uns damals getroffen hätten? Wie wäre unser beider Leben gelaufen? Deine Ehe scheiterte ja auch, aber ich glaube, wir beide hätten eine glückliche Ehe geführt. Wir haben uns doch gesucht und gefunden – nicht wahr?"

„Ja, gab ich zu" - und hielt ihre Hand bei diesen Worten – und schüttelte diese, um meinen Worten Nachdruck zu verleihen. „du hast Recht. Wir verstehen uns so gut. Wir hätten wohl ein Kind gehabt, oder zwei, und ich glaub auch", gab ich an, „das unser Beider Leben viel besser und schöner verlaufen wäre, als es für uns nun mal lief." „Aber", führte ich weiter aus, „weiß ich nicht, ob man so überlegen darf. Die Frage: was wäre wenn, beschäftigt jeden von uns mal. Aber keiner von uns ist Hellseher. Und somit ist die Frage nicht zu beantworten, ob es nun gut oder richtig oder falsch und schlecht war. Das Leben spielt wie es spielt" - endete ich mit meinen Überlegungen.

„Auf der anderen Seite war unser Leben interessant. Stell dir vor, was ich alles erlebt hab, so was ist nicht alltäglich!"

„Da muss ich dir Recht geben" - antwortete Tina – und umgriff meine Hand fester um mir zu zeigen, dass unsere Überlegungen richtig waren - „wir müssen uns mit dem zufrieden geben, was wir jetzt haben."

Dann küssten wir uns und gingen in mein Bett. An einem dieser Abende, ebenfalls in der Mittagsschicht,wir redeten erneut während das TV lief, über dies und das und plötzlich, kam von mir der Einwand: „Schade, dass du immer nach Hause musst, und ich alleine die Nacht in dem großen Bett verbringen muss" - mit diesen Worten, auch wenn dies nicht meine Absicht war, hatte ich Tina vollends in meinen Bann gezogen. Sie konnte es nicht ertragen – und dies hatte sie mir auch gegenüber so gesagt: „Ja, mir geht's ja ebenso" - und sie schaute mit diesem „Lady-Diana-Blick" - in den ich mich so verliebt hatte, etwas verschämt nach unten.

„Aber, was sollen wir denn machen?" - fragte sie und ich erkannte dass ich sie etwas in die Enge getrieben hatte. Auf der einen Seite war da auch von ihr der Wunsch, dies zu ändern, auf der anderen Seite war halt der Umstand, dass wir uns ja erst seit etwa drei Monaten kannten.

„Bei mir einziehen," - war dennoch meine entschlossene Antwort. Und auch mir war bewusst, dass wir uns erst Anfang November kennen und lieben gelernt hatten, jetzt war es Mitte Februar – und dennoch war, allein durch das Gespräch. „wenn wir uns früher gekannt hätten" - nur durch diese Worte erwuchs in uns ein Vertrauen, das uns glauben ließ, dass wir tatsächlich seit ewigen Zeiten ein Paar sind. Und so willigte Tina lächelnd ein.

„O.k." - meinte sie, und nickte dabei unterstützend, dass ich sah, dass sie es auch so meinte, wie sie es angab.

Und ich sah den Glanz in ihren Augen. Und ihre Stimme klang noch zarter und weicher als sonst. Sie hörte sich jedoch nicht ängstlich an, nein, ihre Stimme klang stark und fest. Sie freute sich sichtlich. Für uns Beide war dieses „Zusammenziehen" ein großer und bedeutender Abschnitt in unserem Leben. Denn uns war klar, dass wir ja keine zwanzig mehr waren. Ich selbst hatte ja drei Kinder, Mädchen, zwei davon bereits halbwegs Erwachsen. Und Tina, genauso alt wie ich, hatte ein Mädchen – genauer – eine junge Frau, welche selbst bereits Mama ist. Ja, wir waren beide früh dran uns fortzupflanzen.

Wir wussten also, dass etwa gut ein Drittel unserer Lebensuhr abgelaufen war. So war ein Satz welchen ich anschließend sagte: „Weißt du, wir sagten uns bereits, dass wir uns schon viel früher hätten kennenlernen müssen. Dies ist ein Wunschtraum, aber die letzten Drittel unseres Lebens, dies können und müssen wir uns so schön machen, wie wir nur können!"

„Ja, mein Schatz" - sagte Tina Kopf-nickend, bejahend – „das machen wir auch, so ist es" - bekundete sie erneut - „wir holen alles nach. Alles was wir in unserem bisherigen Leben versäumt haben. Wir lassen es uns gut gehen!" - nickte sie. Und ich nickte zustimmend zurück.

Als ob das Gesagte eine Wette wäre, versuchten wir beide diese Wette oder Versprechen – einzulösen. Unser Beider Leben veränderte sich von dem Moment als wir uns entschlossen zusammenzuziehen grundlegend. Wir lebten nur noch. Spaß stand im Vordergrund. Wir machten und machen bis heute den Haushalt zu großen Teilen zusammen. Wenngleich Tina unbestreitbar die Köchin ist und somit schon ein Teil mehr Arbeit im Haus hat – eben alles was mit der Zubereitung des Essens zu tun hat. Wir gingen also spontan aus. Da war und ist eine Kneipe, in der Livemusik gespielt wird. Und mehrere Restaurants, welche wir in regelmäßigem Abstand aufsuchen. Wir liebten uns, wie es nur Verliebte tun. Wir lachten und vergaßen alles Leid der vergangenen Jahre. Somit war Tina die erste Stufe der Rakete, die mich zu den Wolken zog. Lemmy war die zweite Stufe.

Ich begann mich wieder mit einem alten Freund zu treffen. Erich.

Er war bereits geschieden, aber wichtiger war; er ist Musiker –
jedenfalls hat er ein gewisses Talent als Sänger und Keyboarder. In
der Vergangenheit hatte ich mit ihm einige Lieder geschrieben. Ich
wollte Tina zeigen was die Musik für mich bedeutete.
Vieles in diesen Monaten – vieles was in der Zeit, die unübertroffen
schön war, stärkte unsere Liebe. Nun tanzten wir sogar zu
selbstgemachter Musik. Alle diese Dinge und Geschehnisse erzähle
ich im Schnelldurchgang, weil schlicht und einfach zu viel geschah.
Jedenfalls waren diese Zeiten für uns das Größte und zweifelsohne
der schönste Abschnitt unser beider Leben. Und vorerst sollte es so
weitergehen. Es war April und mein Sommerurlaub war bereits vom
Chef genehmigt. Ich setzte mich an den Laptop und ohne viel Worte
zu machen, buchte ich eine Reise in die Türkei. Tina war
fassungslos, dass ich das – einfach so – machte: „Einfach mal so, so
viel Geld ausgeben" - schüttelte sie den Kopf. Es stand ja immerhin
immer noch in unserem Gedächtnis tief verwurzelt und deutlich
geschrieben, das wir uns ja doch erst relativ kurz kannten. Sie war
aber dennoch sichtlich erfreut. Sie freute sich, genau wie ich – wie
ein kleines Kind auf unseren ersten gemeinsamen Urlaub.

Aber gerade durch solche Entscheidungen, wie das
zusammenziehen und nun der Urlaub wurde uns bewusst in welcher
Geschwindigkeit wir handelten. Und wir sagten uns das auch – wie:
„Wenn ich denke, dass wir uns erst so kurz kennen, und jetzt planen
wir nicht nur einen Urlaub, nein, wir planen zusammenzuziehen!" -
meinte Tina nicht zu unrecht. Mit ähnlichen Worten wie ich sie
gerade gedacht hatte. Es war halt so, dass wir gierig waren – gierig
nach Leben und Spaß - kurz Lebensfreude genannt. Wir holten alles
nach, was uns beide in unseren geschneiderten Ehen verloren
gegangen war. So, wie wir es uns quasi geschworen hatten. Wir
waren aber auch mehr als dankbar, dass wir diese schönen Momente
hatten. Sie uns, auch finanziell, leisten konnten.

„Ja, sagte ich, es wäre einfach schön wenn du nicht mehr sagen
müsstest - in dein - „altes Zuhause" - fahren" – wir hatten nämlich

die Angewohnheit angenommen – so zu sagen - „unser altes Zuhause" - und ich musste wieder an Opa denken.

„Ich liebe es wenn du, wie schon so oft, für mich kochst. Es ist toll, wenn man von der Arbeit heimkommt, und es riecht nach Essen, wie bei einem Ehepaar."

Ja, der Wunsch wie ein Paar, welches sich seit Jahren liebt, war zwar vielleicht etwas kindisch – aber, der Wunsch war beiderseits vorhanden.

„Ja, das zusammenziehen", grübelte ich, mit der rechten Hand am Kinn. „Wir müssen nur checken, ob wir das dürfen?" - ich hatte bei diesen Worten meinen Mietvertrag im Kopf. Und ich ging zu meiner Kommode an die Schublade, wo dieser sich befand, und kramte ihn heraus. „Steht nichts davon drin", las ich blätternd vor, und gab ihn Tina weiter. Auch sie fand keinen Abschnitt, der dies verbot. Dennoch beschlossen wir die Vermieter zu fragen, nicht, dass es Stress gab. Wie schon einmal wurde uns bewusst mit welcher Schnelligkeit wir uns in unsere Zukunft bewegten. Dennoch bewahrten wir die Vernunft und wollten uns schriftlich bei den Vermietern absichern. Nicht, dass bei allem positiven Rausch in welchem wir uns befanden, doch noch jemand Salz in unsere „Liebessuppe" in der wir turtelten, schüttete. Am selben Abend verfassten wir einen Brief, den wir morgen den Vermietern in den Briefkasten werfen wollten.

Darin stand – und ich muss schmunzeln, wenn ich im Nachhinein darüber nachdenke: „Liebe Familie Groß, wie das Leben so spielt, haben wir, Tina und ich, uns gefunden und wir fragen uns, ob sie was dagegen haben, wenn von nun an ihre Wohnung zu zweit bewohnt wird?"

Schmunzelnd faltete ich das Blatt Papier nach dem Drucken zusammen und legte es in ein Kuvert. Am nächsten Morgen warf ich vor der Arbeit den Brief ein. Die Vermieter wohnten oben in dem Haus, ich – oder nun wir, unten in der Einliegerwohnung. Ich musste hierfür also vier oder fünf Stufen zu ihrem Briefkasten nehmen.

Am gleichen Tag war es wieder spät nach Mitternacht, und wir gingen zu Bett. Von nun an bewohnten wir meine kleine Wohnung zu zweit. Natürlich war es so, das Tina immer mehr von ihren Sachen, vor allem Kleidung, aber auch Geschirr, Besteck, Töpfe und Pfannen von ihrem alten Daheim – so sagten wir immer noch – mitbrachte. Aber grundsätzlich konnte man schon sagen, dass dies der Tag war, an dem vollends mein Herz die Einsamkeit verbannte. Ich war, sozusagen offiziell, nicht mehr alleine.

Doch statt zu schlafen, resümierte ich in dieser Nacht über das, was im letzten Jahr alles geschah. Hier und da, und dies passiert wohl beinahe jedem, da überkamen mich halt mal solche Gedanken wie nun beschrieben. Da war die Trennung, die mir in dem Moment in den Sinn kam. Diverse Segmente dieser Zeit sah ich mit offenen Augen (im dunkeln) wie in einem Hollywoodstreifen. Und kurz darauf kam mir aber auch das verliebt sein und die Liebe meines Lebens, welche nun bei mir einziehen würde, in den Sinn. Und bald würden wir in Urlaub fahren. Ja, das war auch ein wenig verrückt, aber auf eine herrliche Art, einfach nur wunderbar. Wir schwebten auf einer Welle des Glücks, welche wir kaum fassen konnten. „Und das ist nur die Spitze des Eisbergs" – hatte ich mal gesagt und dies versprach ich Tina, nachdem wir miteinander geschlafen hatten. Kurz darauf spürte ich an ihrem Atem, dass sie kurz vorm Einschlafen gewesen war, bevor ich ihr das sagte – doch nun drehte sie sich wieder zu mir gewandt um und küsste mich auf die Wange.

„Unsere Liebe wird weiter wachsen – ins Unendliche, wenn du es zulässt!" – sagte ich nun, um dem einst Versprochenem Nachdruck zu verleihen.

„Ja", sagte sie, und nahm meine Hand – „das will ich dir glauben!"

Und ich drehte mich ebenso um, dass wir in der Löffelchenstellung nebeneinander lagen. Und kurz bevor ich einschlief wurde mir eines klar: Einer meiner Arbeitskollegen machte mal vor kurzem einen schlechten Gag – er meinte: „Ja, es gibt Frauen – entgegen dem Lied von Jim Knopf, die nicht nur aus einer Insel mit zwei Bergen bestehen – nein, es gibt auch welche mit Herz und Gefühl und Verstand." Ich musste schmunzeln als ich wieder daran dachte; aber – ich hatte so eine Frau gefunden!

Nun, wir flogen weiterhin auf einer Woge des Glücks. Mein Versprechen, dass unsere Liebe bisher nur der obere Teil eines Eisbergs war, hielt stand. Unsere Liebe wuchs und wuchs mit jedem Tag. Jede SMS brachte dem Anderen ein Lächeln ins Gesicht. Wir fühlten uns beide so gut wie lange nicht mehr. Der kommende Urlaub, wir freuten uns wie Kinder. Hatten ein unglaubliches Verlangen aufeinander – waren ganz verrückt, wie es eben nur zwei Menschen sein können, die zutiefst verliebt sind. So groß und so schön, wie man es sich überhaupt nur vorstellen kann, war unsere Liebe – und sie wurde tief und stark. Gefühlvoll.

Das Größte für mich war – was mich freute, als ob Weihnachten auf Ostern gefallen wäre - dass ich jemanden, eine Frau, für die ich sehr, sehr viel empfand – so glücklich machte. Ja, es war mein Verdienst, diese eine Frau, dieses zerbrechliche, zarte Wesen wieder glücklich zu sehen. Sie hatte auch mich aus dem Jungle der Traurigkeit geholt, und wieder ins Licht geführt, wo das Leben und das Lachen und das Glück waren. Unser außergewöhnliches Glück, unsere Liebe, beruhte auf Gegenseitigkeit – ein Geben und Nehmen gleicher Größe. Einfach nur schön.

Das sich je was daran ändern sollte schien zu dem Zeitpunkt absurd zu sein. Es schien immer nur bergauf zu gehen. Unser beider trübe Vergangenheit hatten wir hinter uns gelassen. Nicht vergessen, nein – die Vergangenheit holte, vor allem mich, hier und da mal ein. Hier und da mussten wir zwangsläufig mal über meine Kinder, meine

Frau, und die damit verbundenen Ungerechtigkeiten oder aber auch über Tinas getrennt lebenden Mann reden – es blieb nicht aus. Die Themen kamen auf, ob wir wollten oder nicht. So kam beispielsweise ein Brief von der Anwältin meiner Ex-Frau, schon war das Thema wieder auf dem Tisch. Oft mehr als es uns lieb war. Aber es tat unserer Liebe keinen Abbruch. Nein, wir konnten wie Erwachsene gut damit umgehen. Tina war, so stellte sich heraus, hier das erste Mal mehr als nur – wie es so schön hieß – nur Freundin und Geliebte, nein, sie war auch eine Ratgeberin, die es sichtlich gut meinte.

Aber, es sollte nicht so bleiben. Es ging das erste Mal bergab!

Tina kam an dem Mittag, ich hatte Frühschicht, vom Arzt zurück. Ich hatte ihr geraten, da ich selbst erst kürzlich einen Brief von meinem Hausarzt erhielt, und das darin Geforderte, nämlich eine Krebsvorsorgeuntersuchung durchzuführen, gerade hinter mir. Ich hatte ihr empfohlen dies auch zu tun. Es war Mai und es waren nur noch circa sechs Wochen vor unserem Urlaub in die Türkei. Am Tag davor - dies war das erste Mal, wo wir die Kapelle aufsuchten. Diese Kapelle war ein Wallfahrtsort, an der aus der ganzen Gegend Menschen zum Beten kamen. Vor dem Altar, welcher mit Schnitzereien versehen war, auf denen meistens die heilige Maria abgebildet war. Das größte Bildnis: Maria hielt Jesus im Schoß, nachdem er vom Kreuz genommen war. Daneben waren zwei große Ständer, welche stets voller geweihter Kerzen waren, die die Leute anzündeten, und sich dies und das für ihre Lieben wünschten. Meistens wünschten sie sich Gesundheit.

Hand in Hand gingen wir in die kleine Kapelle, entnahmen je eine Kerze, schmissen Geld in die hierfür vorgesehenen Kassen, mehr als verlangt und jeder zündete seine Kerze an. Dann setzten wir uns auf die erste Bank dahinter. Wir beteten Hand in Hand mit geschlossenen Augen. Wir saßen eine Zeitlang so da – in Gedanken im Zwiegespräch mit Gott, Jesus, oder jedem, welcher von den

Heiligen, die dort als Skulptur verewigt sind, uns zuhören mochte. Die Dank-Sagung-Tafeln, welche aus Granit oder Marmor, draußen vor der Kapelle an mehreren Wänden angebracht waren und sind, wiesen Maria als größte Helferin aus. „Maria hat geholfen" – oder einfach nur - „Danke Maria" - war meistens darauf zu lesen.

Aber uns war egal, wer uns erhören und helfen möge – Hauptsache jemand erhörte – in diesem Fall meine Gebete – und half Tina. Und dies war scheinbar ein Erfolg, denn der Arzt hatte, nach einer Untersuchung, die einige Tage später war, und mit dem Ultraschallgerät durchgeführt wurde, gesagt, dass nichts Ernstes wäre. Doch da war so ein Gefühl, das uns beide nicht los lies. Sie war das Größte und Wichtigste in meinem Leben geworden! Ich durfte sie nicht verlieren. Nicht nach der kurzen Zeit, die wir erst verbringen durften. Nicht nun, da wir uns fanden und an dem es uns täglich besser ging. Solche Gedanken drängten sich zwangsläufig auf.

Ja, uns plagten zwiespältige Gedanken. Dennoch, wir gingen mit einem guten Gefühl heim. Vor der Kapelle sahen wir uns wortlos in die Augen, immer noch händchenhaltend, dann küssten wir uns, und stiegen in ihr Auto.

Wir wollten an nichts Schlimmes denken, und schoben alles Schlechte nach hinten. Allein der Gedanke, dass jemand, nun, da alles sich zum Besten zu wenden schien, ernsthaft Krank werden sollte, durfte nicht sein! Bei einer solchen Untersuchung käme so was zu Tage, sodass von einer Sekunde zur anderen unser Leben umgeworfen werden würde – ein unmöglicher Gedanke. Der erste Verdacht war halt eine Zyste an der Leber. Das war bei der Untersuchung im Gespräch. Doch der Arzt verharmloste, wie sich später herausstellte.

Jedenfalls blieb ein flaues Gefühl im Magen. Wir redeten nicht darüber. Und ich kaufte sogar ein neues Auto in der

Zeit, weil ich einfach nicht mehr das Auto wollte, in welchem zuvor meine Exfrau, und nun meine Freundin saß.

Ja, es war alles etwas verrückt. Und erst jetzt erscheint mir das Eine oder Andere etwas chaotisch. Aber zu dem Zeitpunkt gab es einfach Dinge, welche getan werden mussten, und andere, welche man nach hinten schob oder vergessen wollte. Mein silberner, kleiner Japaner, den ich gekauft hatte, lies mich – jedenfalls kurzzeitig – einiges vergessen. Es war auf der einen Art ein neues, eigentlich unnötiges Spielzeug, dieses Auto. Aber, es tat auch seinen Dienst. Beförderte mich zufriedenstellend von A nach B – und, wie erwähnt, brachte mich wieder ins Traumland, wo Tina und ich uns immer noch größtenteils aufhielten.

Einige Zeit später, wir hatten die schlimmsten Gedanken nach hinten verschoben, musste sie zum Frauenarzt und ausgerechnet dieser Ärztin fiel der Arztbericht vom Hausarzt auf.

Den darauffolgenden Nervenkrieg, den wir dann durchmachten zog sich über Monate hin. Es war schlimm. Ich begleitete sie oft zu Untersuchungen. Von Arzt zu Arzt.

Angefangen hatte alles, nachdem Tina bei mir eingezogen war. Sie hatte in der Zeit circa 12 kg abgenommen. Der erste bereits erwähnte Arztbesuch blieb quasi ergebnislos.

Mit dem Schrecken, der die Überschrift – Krankheit – trug, und uns zum ersten Mal, seit wir uns kannten, bewusst machte, dass es auch ganz schnell bergab gehen kann. So schnell wir zusammen wuchsen, und es nur aufwärts zu gehen schien, so schnell, dies mussten wir erkennen, konnte es auch runter gehen. Doch vorerst war ja Entwarnung angesagt und es konnte – auch vorerst - wieder aufwärts gehen. Doch, wie sich später herausstellte sollte unser Leben ein großes auf und ab werden.

Tina hatte, wohl wissend dass der Urlaub bevor stand, verschwiegen, dass die Frauenärztin alarmiert war, weil im Arztbrief des Hausarztes irgendwelche Werte überschritten seien. Alles deutete auf einen Tumor der Leber hin. Die Ultraschalluntersuchung des Hausarztes besagte eine Art Blutschwämmchen auf der Leber. Der Arzt spielte das wie gesagt herunter. Aber das erzählte sie nicht. Zuerst war da also der Urlaub. Das Abenteuer Türkei wartete auf uns.

Tinas Bruder Jakob hatte uns vormittags zum Flughafen gefahren. Tina rauchte noch eine Zigarette bevor wir mit unseren Koffern die Halle des Flughafens betraten. So zwischendurch musste ich ihr hier und da mit Worten wie: „Ach bin ich froh, dass ich nicht mehr rauche" - einen Stich in die Rippen geben - oder ich las vor, was auf jeder Zigarettenschachtel steht: „Rauchen gefährdet die Gesundheit!" Ich hoffte, dass ich sie zum Nachdenken brachte, um irgendwann einmal mit dem Rauchen aufzuhören, nun, ein seliger Gedanke.

Natürlich – aber es war auch o.k. - schließlich rauchte ich selbst ja mal. Ich hatte daher schon auch Verständnis. Natürlich ging ihr erster Weg in den Duty-Free-Shop – der Zigaretten willen. Sie kaufte eine Stange ihrer Marke. Dann checkten wir ein.

Der Flug dauerte über drei Stunden, und war angenehm. Das einzig dumme war – und dies war ein klarer Nachteil des Online-Buchens – dass wir nicht nebeneinander sitzen konnten. Der Durchgang war zwischen den Sitzen. Die Reise mit dem Bus bis ans Hotel, mitten in der Nacht. Ich hatte Tina beobachtet – sie sog alles in sich auf. Sah die Landschaft, die Menschen, wie ein kleines Mädchen, das neugierig auf die große, weite Welt war. Sie hatte die Müdigkeit übergangen. Als wir, etwa um ein Uhr Nachts, vorm Hotel standen, und uns unsere „All-Inklusive-Armbändchen" von der jungen Frau hinterm Tresen anbringen hatten lassen. Wir waren überglücklich. Wir suchten erst das Meer auf, welches sich gegenüber der anderen Straßenseite befand. Wir wollten unbedingt das Meer sehen, bevor wir ins Zimmer gehen würden. Wir sahen jedoch nur die Brandung. Die weiße Gischt der Wellen. Die Sicht war, da es ja Nacht war, kaum drei Meter weit. Es war so dunkel, dass Meer und Horizont verschwammen. Wir küssten und umarmten uns am Strand, wie die Teenager. Dann hatten wir beide ein Hungergefühl, welches uns ins Hotel trieb. Dort bekamen wir sogar noch, in einem von drei Hoteleigenen Restaurants etwas geboten. Wie sich herausstellte konnten wir rund um die Uhr im Hotel essen und trinken. Die Wahl des Hotels war also gut. Die Zimmer waren schön und sauber, wir hatten einen kleinen Balkon mit Meerblick, und das Essen schmeckte sehr gut. Es gab Buffets wo es zwischen Fleisch und Fisch, Reis und Pommes und Nudeln, Obst und Gemüse... einfach für jeden Esser war täglich was dabei, was ihm schmeckte.

Wir verlebten das typische Touristen-Dasein. Wie jährlich weltweit Millionen. Faulenzen am Sandstrand, essen und trinken, und im Pool lungern und schwimmen. Nach dem Mittag- oder Abendessen, spazierten wir, bummelten an der Einkaufspromenade, oder erkundeten die Gegend. Bei Tag und Nacht.

Einmal geschah etwas, worüber Tina und ich schmunzeln mussten. Eine Frau am Strand hatte mich wohl mit Lemmy verwechselt, und machte sogar ungeniert Fotos mit ihrem Handy von mir. Man muss dazu sagen, dass ich mein Äußeres nach der Trennung verändert hatte. Ich ließ mir einen Backenbart und die Haare wachsen, was das Ergebnis hatte, dass ich tatsächlich meinem Idol etwas ähnlich sah.

Jedenfalls aus einigen Metern Entfernung. Dadurch, dass meine braunen Haare im Wind wehten, und ich auch ähnlichen Halsschmuck wie er trug, konnte man die Verwechselung schon verstehen. Zumal ich – wie er – eine ähnliche Sonnenbrille anhatte.

Dann, drei Tage vor der Heimreise, machten wir zwei einen Boots-Ausflug. Es gab da solche, als Piratenschiffe getarnte Jachten, auf welchen man eine Rundfahrt um die Halbinsel, von der wir vom

Hotel aus drauf sehen konnten, umschippern konnte. Und diesen
Spaß wollten wir uns gönnen.

Ausgerechnet war an diesem Tag etwas mehr Seegang als noch die
Tage davor. Auf See muss wohl des Nachts ein stärkerer Wind
geweht haben. Dies trieb die Wellen, welche normalerweise etwa
dreißig Zentimeter hoch waren, auf – geschätzt – teilweise über
einen Meter; was zur Folge hatte, das die 15Meter-Jacht schon
erheblich auf und ab schwankte.

Nein, Seekrank wurde keiner an Bord, wenngleich ein
Besatzungsmitglied des kleinen Schiffes mitdachte, und Pillen gegen
Seekrankheit verteilen wollte. Dieses Angebot nahm, meines
Wissens nach, jedoch keiner der Passagiere an. Viel schlimmer durfte
es für die meisten von uns Landratten jedoch nicht werden.
Mir hatte es auch so gereicht. Die an sich sehr nette Fahrt, die
Betreiber hatten sich echt Mühe gemacht, und noch eine Show
gebracht. Ein Matrose, welcher unterwegs an einem der etwa dreißig
Meter hohen Felsen ausstieg und in einer Höhle verschwand. Das
Schiff umrundete das Riff, und an anderer Stelle kam der Beste
wieder aus dem zweiten Höhlenausgang heraus, und machte einen
rekordverdächtigen Kopfsprung an den rauen, grauen Felsen entlang.
Viele Zuschauer standen vor Staunen der Münder offen und man
hörte ein Oh und „oar man".

Nun, wir saßen am Heck des Schiffes und Tina wollte nach vorne.
Das Laufen war aber wegen dem Schwanken des Schiffes nicht ganz
einfach. Ohne sich festzuhalten konnte man nicht laufen. Dies wurde
mir zum Verhängnis. Die Reling am Boot vorne, wo eine Sonnenoase
eingerichtet war, war sehr niedrig. Also nichts mehr da, wo man sich
hätte festhalten können. Eine seitliche Welle riss mich dann von den
Beinen. Vielmehr – ich ließ mich fallen, um nicht seitlich ins Meer
zu stürzen. Dieses fallen lassen gelang vielleicht einem Fußballer,
vor allem einem Torwart, der dies täglich übt. Obwohl, bei dem
Wellengang gelang dies vielleicht nicht einmal dem – mir jedenfalls

nicht. Ich schlug recht hart auf der Seite auf. Mit dem Ellenbogen
fing ich die größte Wucht auf. Mein Rücken wurde Gott sei Dank
weitestgehend verschont. Aber mein linker Arm wurde stark
gestaucht. Wie eine spätere Untersuchung beim heimischen Arzt
zeigte, war da nichts gebrochen. Aber der Arm wurde dick und blau
und tat schon recht weh.

Aber weder auf dem kleinen Schiff, noch später im Hotel konnten
wir was tun. Ein Junge, vielleicht der Sohn vom Kapitän, reichte mir
einen kühlen Lappen. Ich hielt ihn dagegen – das tat gut. Im Hotel
dann hatten wir, Gott sei Dank, eine kleine Reiseapotheke dabei. Im
Beutel (ich hielt es für unnötig, aber Tina hatte, mit den Worten:
„Man weiß ja nie") – war einiges gepackt, und das war jetzt gut so.
Also, es war Verband darin, und – ganz wichtig, Pferdesalbe. Für
denjenigen, welcher den Namen schon mal gehört hat, der kann sich
vorstellen, dass Pferdesalbe genau das richtige war. Für alle anderen
sei erwähnt, dass Pferdesalbe eine Salbe ist, welche ausgerechnet bei
Prellungen hilft. Tina verband mir also den linken Arm am
Ellenbogengelenk. Und sie machte dies ausgesprochen gut.

Tags darauf verarztete sie mich erneut und dies zeigte bereits
Erfolg. Der Ellenbogen war zwar nun gelb, grün und blau, die
Schwellung war aber etwas zurückgegangen. Doch nicht so, dass
man sagen konnte, das war's – nein, kaum ging's meinem Arm
besser, kam der nächste Schock. Tags davor hatte es erst Tina
erwischt. Sie war abends etwas schwach, und es war ihr schlecht und
sie hatte auch etwas Durchfall. Und am nächsten Tag schlief sie viel.

Abends war es ihr dann wieder besser. Am Tag darauf ging es uns
beiden gut – aber am Tag danach! Man muss sagen, dass das Essen
im Hotel ausgezeichnet war. Es gab zu allen Mahlzeiten ein Buffet,
mit guter Abwechslung, mit allem Guten, was eine Vier-Sterne-
Küche so hergibt. Fleisch aller Sorten – ebenso Fisch in allen
Variationen, sowie Gemüse, Obst und Salat und leckeren Nachtisch,
wie Pudding mit feiner Soße, und Kuchen und Torten – süßer wie die

Sünde.

Kein Grund zur Beschwerde. Und wir sagten uns gegenseitig, dass dies, trotz meines Malheurs auf dem Schiff, für uns beide der schönste Urlaub überhaupt war. Und ich weiß bis heute nicht an welchem Essen es gelegen hat. Ob es das Mittag- oder Abendessen war. Es ging mir gut, auch dann noch, als wir ins Bett gingen. Aber dann! Nachts wurde ich wach. Ein grummeln im Bauch kündete nichts Gutes an. Auf der Toilette dann... es ging vorne und hinten los. Ich musste brechen und hatte Durchfall. Irgendwann schlief ich dann unruhig den Rest der Nacht. Aber von nun an war mir schlecht. Am nächsten Morgen war ich ganz schwach, und schlief den halben Tag. Es hatte mich bös erwischt. Viel schlimmer als Tina. Ihr war es recht schnell wieder gut gegangen – mir besorgte sie an dem Nachmittag einen Arzt. Der brachte mich dann mit seinem Helfer in ein nahegelegenes Krankenhaus. Tina fuhr auch mit. Dort bekam ich, nach einiger Wartezeit, ein Bett, und vor allem, eine Infusion mit hochdosiertem Antibiotika. Und am nächsten Tag sollte Heimreise sein! Dies stand zu der Zeit in den Sternen. Aber, um es kurz zu machen, das Medikament half recht gut. Ich behielt bereits die Suppe, welche man mir anbot, bei mir und ich fühlte mich stündlich besser. War allerdings schon noch etwas wacklig auf den Beinen, als man mich noch am selben Abend entließ. Eine Abschluss-Untersuchung bestätigte, dass ich wohl nichts Ansteckendes hatte; es war wohl eine bakterielle Vergiftung, welche jedoch mit der Gabe von der Infusion ein rasches Ende hatte. Die untersuchende Ärztin, welcher wir sagten, dass wir morgen heim fliegen müssten, hätte uns für den Fall, dass Ansteckungsgefahr vorgelegen hätte, nicht fliegen lassen!

Nun, das blieb uns erspart, sodass wir tags darauf abreisen konnten. Mir ging es am nächsten Morgen auch schon wieder viel besser. Wir hatten gefrühstückt, uns ein Lunchpaket für die Fahrt unterwegs gepackt, und – es ging gut. Mir ging es einigermaßen gut. Es war mir kaum noch schlecht. Dennoch war die Heimreise anstrengend.

Tina sog erneut, während der Fahrt zum Flughafen, bei welcher wir mehrere Hotels anfuhren, um weitere Gäste aufzunehmen, die Landschaft ein. Genau wie auf der Herfahrt genoss sie jeden Moment, und wollte nichts verpassen – wollte Land und Leute sehen, sich quasi von ihnen verabschieden.

In Gedanken Danke sagen: dem Land und den Leuten, welche ihr den bisher schönsten Urlaub verschafften. Trotz aller Schmerzen und Wehwehs.

Kapitel 10
Teil 4

2014... das Lemmy-Jahr. Es schien alles in den Schatten zu stellen, kaum aus Amerika zurück (den Part hatte Lemmy ja gezahlt), stiegen wir erneut ins Flugzeug, um die gebuchte Reise in die Türkei anzutreten, doch da war noch...

Das Baby - mein Enkelchen

Vor Monaten schon, und nochmals kurz vorm Urlaub, hatte mir meine älteste Tochter gesagt, dass im Zeitraum des Urlaubs mein Enkelchen auf die Welt kommen würde. Und ich hab sie per SMS aufgefordert, sie möge dem Baby im Bauch sagen, es solle schön dort bleiben, wo es warm und weich ist – bis der Opa wieder zurück ist.

„Frank" - hatte auch Tina, noch während des Urlaubs mich gefragt: „Meinst du das Baby hört auf seinen Opa, und wartet mit der Geburt?"

„Das will ich doch hoffen", antwortete ich. Ich rechnete nicht damit bei der Geburt im Krankenhaus anwesend zu sein, denn Karina, meine älteste Tochter, wohnte rund 30 Fahrminuten von mir weg. Schon bei ihrer eigenen Geburt, kam ich zu spät, da es eine Kaiserschnitt-Geburt war. Die behandelnde Schwester des Krankenhauses rief mich damals an, kaum dass ich in meinem damaligen Zuhause von der Arbeit angekommen war. Die Krankenschwester bat mich: „Fahren sie nicht so schnell, das Baby ist da, und auch der Frau geht es gut."

Natürlich fuhr ich mit teilweise 140 Sachen durch den Ort.

Nun, damals hatte ich mit Selina ein Haus gemietet, meine (unsere) erste Wohnung! Ein schönes Heim, wie ich schon erwähnte.
Mit dieser Frau hatte ich ja drei Kinder. Die jüngste Tochter – Maike – sie war der spätere Trennungsgrund wegen der Borderline-Erkrankung. Und Beth, meine zweitälteste Tochter. Sie war die Einzige, bei deren Geburt ich dabei war.

Und dann Karina, meine älteste Tochter, die mich nun zum Opa werden ließ. Hatte es quasi geschafft. Wir waren aus dem Urlaub – gerade mal einen Tag, als von Karina eine App kam:

„Papa, es geht los, ich hab erste Wehen". Weil ich Angst hatte, Karina oder sonst jemanden im Krankenhaus – oder gar das kommende Baby selbst, anzustecken – die Gefahr war ja doch da, erschien es mir unmöglich, bei dieser Geburt – wenn auch nur im Krankenhaus, dabei zu sein.

Aber was dann geschah war schier unglaublich! Ich war – wenn auch nicht körperlich, doch anwesend. Und zwar durch die Handys! Selbst Karina hatte so gefühlt, als ob ich da wäre. Wir schrieben uns, per App – wir chatteten. Sie erzählte mir jeden Schritt, den sie machte. Erwähnte jede Wehe, beinahe jeden Atemzug, den sie machte. Sie erklärte, was im Moment geschah, wer da war – ich wusste, wann sie auf die Toilette ging, verfolgte so, beinahe hautnah, die Geburt mit. Bis sie so gegen etwa zwei Uhr Nachts nicht mehr konnte. Die Wehen waren im Minutentakt und darunter gekommen. So wurde ich Opa – mit einer unglaublichen Nacht, bei welcher ich da war ohne anwesend zu sein. Am nächsten Tag besuchten Tina und ich das Baby, sie hieß Kiara und ich küsste die Kleine, mit Mundschutz.

Auf diesem Weg lernte Tina Karinas Mama – meine Ex und, nun ja, Oma – kennen. Denn sie war nun ebenfalls anwesend. Letztendlich war dieses unfreiwillige Treffen mit ihr einmal mehr ein Ereignis, welches alleine schon passte, weil ja in der Zeit sowieso ein Ding das

andere jagte. Oft sogar parallel, meistens hatten wir aber schon ein
wenig Zeit zum Luftholen. Aber nie so richtig. Denn da war meine
Arbeit, auf der, wie das so ist, nicht jeder Kollege oder Kollegin,
wirklich nett ist. Da schwirrte schon mal der Kopf. Dann war da
noch meine Familie, welche ja nicht nur aus Karina, nun dem Baby,
und meinen anderen Kindern bestand. Nein, da war noch meine
Mutter, Demenzkrank, immer schwieriger werdend. So mussten
meine drei Geschwister und ich mit Tina, für sie einkaufen gehen
und hier und da auch mal die Wohnung putzen. Wie gesagt: vieles
lief parallel und es ist – gerade zum erzählen, alles kaum zu ordnen.
(Danke Lemmy – es tut tatsächlich gut)

Diese Zeit hatte jedenfalls ihre Aufs und Ab´s, – nun, irgendwo ist
das ja immer und überall bei jedem so - aber so? Denn da war ja
Tinas Krankheit – sie meldete sich, Tage, nachdem mein kleiner
Sonnenschein auf die Welt gekommen war, wieder zurück. Auch
wenn etwas Zeit zum Luftholen vergangen war. Aber, um weiter
zusammenzufassen, und um den Überblick zu behalten – da ist noch
Tinas Enkelchen, welcher mit nur vierzehn Monaten an Diabetes
erkrankte. Das stellte sich nun – eine weitere Hiobsbotschaft –
parallel dazu – also quasi Zeitgleich, ebenso nun noch heraus! Das
war unglaublich, aber leider wahr!

Es gab also mehr als genug Dinge um die Tina und ich uns zu
kümmern hatten. Natürlich waren wir (immer noch und Gott sei
Dank, das half uns über vieles hinweg) - über beide Ohren schwer
verliebt. Was ein kaum zu erklärenden Flair ausmachte. Wir
schwebten sowohl, dank unserer wunderbaren Liebe, auf Wolke
sieben. Doch die eben nur kurz zusammengefassten Ereignisse
holten uns stets auf den Boden zurück.

Kapitel 11
Teil 5

Tinas Krankheit

Ja, selbst Tinas Krankheiten sorgten für einige Verwirrung. Im November des Vorjahres hatten wir uns ja kennengelernt. Beide kerngesund wäre wohl gelogen – wir waren ja nun beide keine Jünglinge mehr, und jeder von uns hatte eine Vorgeschichte, nicht nur seine eigene interessante Story, sondern auch je eine negative gesundheitliche Vorgeschichte.

Tina hatte, bevor wir uns kannten, bereits – als eine der ersten Patientinnen in unserer Stadt, ein Schirmschen erhalten, welches sich im Herzen öffnete, um so ein Loch, welches sich in ihrer Herzkammer befand, zu verschließen, welches festgestellt worden war – trotz relativ junger Jahre. Dann hatte sie bereits drei leichtere Schlaganfälle erlitten, welche jedoch ohne weitere Folgen blieben. Also keinen schiefen Mund, oder sonstige Lähmungserscheinungen. Tina sagte lediglich, dass sie den einen oder anderen Namen nicht mehr wusste. Um weitere Schlaganfälle zu vermeiden musste sie bereits Blutverdünnende Medikamente einnehmen. Und wegen dem Herzen weitere Tabletten – ebenso welche gegen Bluthochdruck. Also konnte man das nicht wirklich gesund sein nennen.

Ähnliches galt für mich. Nach zwei Bandscheibenvorfällen; im Rücken und im Genick, quälte mich noch ein operiertes rechtes Knie und chronisch entzündete Augen und ein chronischer Schnupfen. Außerdem hatte ich mit einer Darmentzündung bereits einen Krankenhausaufenthalt mit anschließender OP hinter mir. Und Tinnitus beiderseits. (Wohl alles Stressbedingt)

Nun war es letzten Februar, also bereits kurz nach unserem

kennenlernen, als Tina, wie bereits kurz erwähnt, untersucht wurde –
im ersten Schritt ohne Ergebnis. Dennoch war da was Schlimmes –
unerklärliches. Jedenfalls im Hinterkopf von uns Beiden. Eine
Ahnung – eine Vorahnung! Schreckliche Vorahnung.

An dem Tag wusste ich, dass Tina wieder beim Arzt war. Auf der
Arbeit kam daher diese Vorahnung wieder in mein Gedächtnis. Tina
teilte mir dann abends mit: „Frank", sagte sie - „ich weiß gar nicht,
wie ich es sagen soll" - stotterte sie ein wenig. „Ich hab", und die
folgenden Worte schmerzten aus zwei Gründen in meinen Ohren,
und der Tinnitus verstärkte sich schlagartig. „seit ich bei dir bin", -
dies tat zum ersten Mal weh - „hab ich fast fünfzehn Kilo
abgenommen!"

„Was, warum?" - fragte ich. „Du warst doch erst beim Arzt, der
dich untersuchte, und nichts feststellte" - meinte ich besorgt.
„Ich weiß, Frank. Ich hab mir aber auch einen Termin beim
Orthopäden geholt, weil ich solche Rückenschmerzen hab. Und auch
die Frauenärztin sagte, ich solle mich weiter untersuchen lassen."

Diese Worte schmerzten dann das zweite Mal. Ich machte mir echte
Sorgen.

In dieser Zeit suchten wir die erwähnte Kapelle das zweite Mal auf.
Dort sind besagte Schnitzereien. Und, als wir so beteten, mit
geschlossenen Augen, nachdem wir auf der ersten Sitzbank unsere
Kerzen angezündet hatten, erschrak ich plötzlich. Ich hatte die Augen
aufgemacht und die Figuren betrachtet. In der Mitte, hinter dem
Altar, hing, eingerahmt von Bleiglasfenstern, auf denen uns
unbekannte Heilige verewigt waren, die größte Figur. Maria, die den
toten Jesus auf dem Schoß hat und zum Himmel blickt. Und dann
sind da noch, rechts und links vom Altar, weitere Schnitzereien. Als
ich erschrak war der Moment, als ich das Gefühl hatte, eine der
Figuren schaue Tina an! Wo ich doch vor Sekunden noch für sie
gebetet hatte! Daran erinnerte ich mich in dem Moment als sie mir

von der Untersuchung mitteilte. Ich hatte deutlich vor Augen, wie dieser Heilige sie betrachtete.

Der Gedanke, dass beim Besuch damals, das mein Gebet doch nicht erhört wurde, stellte sich ein. Denn nun sah es so aus, dass die Geschichte doch noch nicht zu Ende war.

Tina erzählte weiter: „Meine Rückenschmerzen, der Gewichtsverlust, und nun noch der Arztbericht, welche ausgerechnet die Frauenärztin ernster nahm als mein Hausarzt" – ‚also", stotterte sie – „ich muss weitere Untersuchungen durchführen lassen!"

Das traf!

Das tat weh wie ein Boxhieb des Weltmeisters. Wenn ich nicht bereits gesessen hätte, hätte ich mich setzen müssen.

Aber, was sollte man auch anderes tun – wir umarmten uns, wie wir es oft taten. Wir hielten uns minutenlang fest. Traurigkeit umhüllte uns. Sinnlosigkeit wollte uns umgarnen wie das Netz einer Spinne. Ratlosigkeit hielt uns zunächst unten – bis ich die Nerven wieder raffen konnte.

Ich holte Tina bei den Schultern und drückte sie von mir weg – aber nur um ihr in die Augen zu sehen. Um ihr Mut zu machen. Jedenfalls war das meine Absicht. Und scheinbar gelang mir das. Ihre bis dahin getrübten Augen, in denen Tränen standen, schienen wieder das Licht der vergangenen Monate einzufangen. Ihr ganzer Blick erhellte sich, jedenfalls kurzzeitig, und sie teilte mir mit einem Versprechen mit: „Was immer auch kommt, wir packen das! Ich bin stark. Wir halten zusammen. Wir halten das durch. Diese beiden Sätze würden wir öfter sagen. Wir halten zusammen. Wir halten durch. Nur, wussten wir zu dem Zeitpunkt nicht, dass diese Sätze zu einer Art Leitspruch für unser zukünftiges Leben werden würde.

Kapitel 12

Nun, Tina überstand alles. Eine schnelle OP, die durch den Bauchnabel durchgeführt wurde, gab endlich Entwarnung. Der Hausarzt hatte Recht behalten. Auf Tinas Leber war tatsächlich nur ein harmloses Blutschwämmchen! Gott sei dank. Nach nur drei Tagen konnte sie entlassen werden. Aber – als ich erfuhr, um was es sich handelte, gingen mir doch einige Dinge durch den Kopf. Ich wusste nicht, was geholfen hatte: unsere Gebete in der Kapelle? Oder meinte das Schicksal es gut mit uns?

Uns ging es jedenfalls wieder bestens, nachdem Tina sich erholt hatte.

Dennoch musste ich resümieren, um meine Gedanken zu ordnen. Das tat ich jeweils täglich in einer freien Minute, um zu überlegen, was ich denn abends in mein Tagebuch schreiben würde.

1985 geboren lebte ich in – von Vaters „Stein auf Stein" - selbstgebautem Haus. Fünfzehn Jahre später, selbst Vater... dies zwei, dreimal... eigenes gemietetes Haus, Heirat, drei Jahre – Lehre inklusive – quasi nebenbei. Dann Kinder lange nicht gesehen. Verbittert, arbeitslos und dann wieder bei den Alten eingezogen. Danach, mit achtundzwanzig und neunundzwanzig Jahren, im Jahr 2013/14 – endlich, kurz vor einem Kollaps, wieder drei Lichtblicke, erst durch Lemmy den Durchblick mit den Kindern, der Arbeit - dann: Lichtblick zwei – Tina, dann – Lemmy selbst. Außerdem das Baby, aber auch Krankheiten. Lemmy hatte mir mal gesagt: „Wenn du mit dem Teufel tanzt, wird er dir auf die Füße treten." Ja, ich hatte dies getan, und musste meine Lehre ziehen. Der Teufel gewann das Spiel, ließ mich jedoch ansonsten weitestgehend in Ruhe.

Ja, und nun? Wir lebten. Wir lebten gut. Hatten mal etwas Luft.

Durch die Scheidung, die ja bereits seit einiger Zeit ausgesprochen war, wurde mir klar, dass ich von meiner späteren Rente, meiner Ex Geld abdrücken musste. Dies erfuhr ich durch einen Brief vom Gericht. Da kam ich auf die Idee ein Haus zu kaufen. Die verlorenen Gelder der späteren Rente, würde ich wieder hereinholen, wenn ich bis dahin ein Eigenheim hätte, dass dann bezahlt ist, und ich mir somit die Miete spare, die ja für jede Wohnung aufgewendet werden muss.

Gesagt, getan – ich warf den Laptop an, um ein Haus zu suchen. Die Welt drehte sich zu dem Zeitpunkt nach meinen Regeln, alles lief glatt. Und mir fiel ein weiterer Spruch ein, den der - für mich – größte, noch lebende Poet, von sich gab: „Ich bin nicht der Mensch, der Rache in sich trägt. Das ist Gift – macht dich verbittert und verrückt" - dies dachte ich, als ich an meine Ex denken musste, das Geld von der Rente bekam Sie! Aber sie hatte weder die Gesetze gemacht, noch war sie allein an der Trennung schuld – da war ich auch daran beteiligt. Aber ich erschrak vor mir selbst. War ich nun barmherzig geworden oder hatte ich einfach nur die Bitternis abgelegt?

Oktober ´15

Als der PC an war, und ich mit dem Internet verbunden, ließen zwei Dinge mein Herz höher schlagen. Zum einen hatte ich ein Haus gefunden, dass meinen Vorstellungen entsprach, und der Preis passte sogar. Dies würde ich mir morgen mit Tina anschauen gehen. Eine Mail-Anfrage meinerseits wurde postwendend beantwortet. Es wurde ein Termin gegen 15 Uhr angeboten, was bestens hinhauen würde. Was mein kleines Herz jedoch noch ein paar höher schlagen ließ, war, als ich eine Reklame entdeckte, als ich den PC eigentlich schon runter fahren wollte. Ich scrollte mit dem Finger auf dem Pad und ich fand die Stelle wieder. Lemmy kam in meine Stadt! Am 18.11.15 – komisch der November war nie mein Monat gewesen, und jetzt, Tina, Lemmy - immer im November.

Natürlich besorgte ich gleich zwei Karten für Tina und mich – und, ich zückte vergnügt mein Telefon um ihn anzurufen. Dieses Mal würde ich ihn vom Flughafen abholen. Dies nahm ich mir jedenfalls fest vor. Ein Blick auf meine Armbanduhr ließ mich das Telefon wieder beiseite legen – es war dort mitten in der Nacht. Ich würde es später versuchen. Es war jetzt hier 13:41 – also war es dort kurz vor fünf Uhr morgens. Er hätte wohl nie wieder mit mir geredet. Konnte auch sein, das er noch unterwegs war. Das wusste man bei ihm nicht so recht. Dann wäre es egal gewesen aber vorsichtshalber wollte ich noch etwa vier Stunden warten, bevor ich ihn vielleicht doch noch weckte.

19:00 Uhr – das sollte reichen, da war es dort zehn Uhr vormittags. Ich ließ meinen Finger über die Kontakte des Handy´s scrollen und blieb bei dem großen L stehen. Ein Fingertipp und ich war mit ihm verbunden. Jedenfalls nach dem achten Klingeln.

„Hi, Lemmy – ich bin´s, Frank aus „good old Germany" - meldete ich mich vergnügt. Ich hoffe dass ich dich nicht geweckt habe!"

Ein gähnen am anderen Ende zeigte mir, das es doch so war. Scheiße - aber, er war mir nicht böse: „Ah, Frankie goes to Hollywood - mit Tina", lachte er – wie geht's euch zwei?" Seine Stimme klang irgendwie noch rauchiger als sonst. „Bin eben erst heim, aber ´is o.k. - freu mich von dir zu hören – was gibt's?"

„Du kommst im nächsten Monat in meine Stadt, ich würde dich gern sehen! Wollte dich vom Flughafen abholen."

„Ja, o,k. - das ist lieb gemeint aber ich flieg ja mit den Jungs, ich glaub, da ist dein Auto zu klein" - er lachte wieder, fügte aber hinzu - „aber natürlich können wir uns sehen. Wir machen einen drauf, o,k.?"

„Ja klar", lachte ich - „und dieses Mal gebe ich einen aus,

einverstanden?"

„Jap... freu mich, bist du im Konzert?"

„Na, sicher doch, hab eben die Karten besorgt. Oh Mann, wie ich mich freue, nach dem Konzert dann?"

„Ja, ich rufe den Tourmanager an, der soll euch VIP´s geben, dann könnt ihr hinter die Bühne!"

„Wow", brach ich nur hervor.

„O.k., wir sehen uns, Frank. Grüße deine Süße von mir!"

„Mache ich, Bye Lemmy."

„Bye."

Klack – er hatte aufgelegt. Er war eben von der schnellen Truppe, immer ohne Umwege, ohne unnützes Zeug. So war er immer schon. Alle die langsam waren, nervten ihn.

Ich war so vergnügt. Ich konnte kaum erwarten bis Tina endlich die Tür hereinkommen würde. Sie würde sich auch freuen ihn wiederzusehen. Sie war als mobile Friseurin noch unterwegs. Als Selbstständige konnte sie die Kunden, die sie „schaffen" wollte, selbst bestimmen. An einigen Tagen wurde der Arbeitstag zu lange für sie. An so einem Tag tat ihr dann der Rücken weh. Sie hatte ja ähnliche Probleme wie ich. Heute war so ein Tag, es würde noch brauchen, bis sie kommen würde.

Aber – es war Freitag, das Wochenende stand bevor und mir fiel mein alter Kumpel Erich ein. Allein der Anruf mit Lemmy hatte mich inspiriert. Ich hatte Lust Musik zu machen. Des öfteren hatten wir uns in letzter Zeit mit ihm zusammengesetzt. Waren Essen gegangen.

Wir hatten unsere Freundschaft wieder aufleben lassen und auch mit Conny, Erich´s neuer Freundin verstanden wir uns gut. Auch sie war ja ebenfalls geschieden. Wir verstanden uns auf Anhieb sehr gut mit Beiden. Ich rief ihn an und machte ein Treffen für Morgen mit ihm klar. - 16:00 Uhr – ich hatte Tina viel zu erzählen, wenn sie bald kommen würde.

Kapitel 13

Erst tranken wir bei Erich Kaffee. Er hatte Gebäck besorgt und wir quakten von alten Zeiten. Einmal hatten wir eine echte Chance. Eine gute Bekannte von mir war die Schwester eines Moderators eines regionalen Radiosenders. Er hatte eine Sendung die Talente fördert. Ein Lautstärkemesser erfasste den Applaus der Zuschauer. Wir waren die dritte von fünf Band´s beziehungsweise Interpreten. Wir hatten mit unseren zwei Liedern (jeder musste zwei Songs bringen) – Platz zwei erreicht. Wobei man sagen muss, dass die Songs der anderen Gruppen und Sängern gecovert waren. Das war für uns witzlos – eher schäbig. Da verstanden wir uns schon eher als echte Künstler, waren unsere Lieder doch selbst geschrieben. Die Texte waren von mir (in Englisch) und die Musik, Komposition und Interpretation, das war Erich´s Part. Gesang und Keyboard. Er war gut. Alles was fehlte war Mut. Nach der Show rief uns der Intendant des Senders zu sich. Er meinte wir sollten Deutsch singen, das wäre im Moment angesagt. Ich schrieb deutsche Texte, was mir natürlich auch viel leichter fiel. Wir probten in seinem kleinen Studio, was auch gleichzeitig sein Wohnzimmer war. Wir trafen damals schon meist am Wochenende. Während der Woche schrieb ich immer, um - meist Samstags, dann Lieder aus den Texten zu machen. Mit einem guten Keyboard – und mit einem leistungsfähigen PC, auf dem das richtige Programm installiert war, war das gar nicht so schwierig. Man nahm erst ein Instrument, zum Beispiel eine Gitarre, auf eine Spur auf, dann das Schlagzeug auf eine weitere Spur. Und so weiter und so fort. Erich baute mir zu viel Spuren auf. Das sagte ich ihm auch, aber, machen wir es kurz: Leute wie Lemmy, die hatten den Willen, den Mut und die Kraft. Erich nicht. Er wollte nur spielen, war ja auch in Ordnung. Die Frage für mich war nur: hätten meine Texte es höher schaffen können? Hätte ein anderer was daraus gemacht?

Na ja, vergeben und vergessen – es gehört ja auch sehr viel Glück zu dem Geschäft, nicht nur Fleiß.

Wie auch immer, es war Jahre her und keiner war Hellseher – die Frage ob, wer, wo oder wann – war nebensächlich, nicht zu beantworten. Daher – was soll´s.

Heute war es das, was es immer hätte sein sollen – ein Spaß, ein Hobby. Obwohl - ein bisschen Professionell wollte ich es schon angehen. Schließlich hatte Lemmy mir viel gezeigt. Ich selbst war auch nicht perfekt gewesen. Teilweise waren die Texte zu kurz oder zu lang oder der Refrain passte nicht. Nun, Übung macht den Meister. Und auch hier hatte Lemmy mir mit Ratschlägen geholfen.

„Überlege nicht so lange, wenn du eine Idee hast, schreib es auf. Bring es auf den Punkt, umschreibe nicht zu viel, das macht alles nur kompliziert. Sag nicht hell, wenn du dunkel meinst.

Was soll ich sagen? Ich denke das meine Texte besser geworden sind.

Einen Beweis?

Oh God, please help me

1
Der Schatten, der mich verfolgt
heißt Einsamkeit
der Nebel, der mich umgibt
macht sich breit

Rfr.
Oh God, please help me

2
Ich sehne mich so sehr
nach Wärme und Licht
doch dieses Schicksal
gibt es mir nicht

Rfr
wie oben

Zwischenpart:
Wann ist es soweit? - das der Nebel verfliegt
das 'ne große Liebe, das Schicksal besiegt

Rfr
wie oben

Nun stehst du vor mir
Rfr. - wie oben
Gott Amor war hier
Rfr. - wie oben
sein Pfeil traf mich
tief, fest und süß
du bist das Licht,
Weg aus dem Verlies
Rfr. - wie oben

Zwischenpart:
mein Herz springt – ganz weit über'n Zaun
oder war das alles – doch nur ein Traum?

Bitte lass es wahr sein... ich bin nicht mehr... allein... (Fade out)

*

Diesen Text spielten wir ein, und ehrlich: Das Lied war geil. Gut genug für die Charts. Aber alle wussten, dass nichts daraus werden würde. Ein weiterer Spaß. Es würde ein Hobby bleiben und ja, es war eben so.

Lemmy hatte es auch nicht einfach, das wusste ich. Er ging durch viele Türen bis er ankam. So war das eben.

Es wurde dennoch ein schöner Nachmittag und Abend.

Kapitel 14
Teil 6

Das Konzert. Lemmy zum Zweiten

Der 18.11. ich hatte mich den ganzen Tag schon wie ein Baby gefreut. Nach einigem Hickhack bekam ich an dem Tag, einem Mittwoch, frei. Es war nun kurz nach Mittag und Tina und ich waren am Essen. Spagetti. Doch dieses Kribbeln im Bauch nahm mir etwas den Appetit. Ich wusste nicht, warum ich so nervös war, aber es war so. Um alles in der Welt wollte ich nichts vermasseln. Mein innerster Wunsch war, dass der Abend so toll werden würde, wie das letzte Mal, als wir uns sahen. Mir war klar, dass es für Lemmy eine komplett andere Sache war, wie für uns – Tina und mich. Er war wohl immer der Star gewesen, der auf dem Boden blieb und sich mit dem normalen Fußvolk auch mal abgab – aber, er war auch jemand, der die Welt X-Mal bereist hat. In riesigen Hallen zuhause war, oder in Fußballstadions. Ihm machte es nichts aus vor 10 – 20 – Tausend Leuten zu spielen. Im Gegenteil: ihm fehlte was, wenn er dies mal nicht tun konnte. Obwohl er so ruhig, so cool war, wie ihn jeder kannte, etwas ging immer in seinem Kopf vor. Er zeichnete oder schrieb Texte, meistens Letzteres. Natürlich nur, wenn er nicht in seiner Kneipe war und vor seinem Spielautomaten hockte. Oder mit der Band unterwegs war. Nein, in seiner Freizeit, so hatte er mir mal erzählt, war er auch gern mal alleine. Ging in einen Plattenladen und kaufte CD´s wie Jedermann auch. Das Wort Berührungsängste war ihm fremd. Das war es ja gerade, was mich so unruhig werden ließ – er kannte die Größten der Großen. Trat sogar in Filmen auf (das fand er langweilig). Ich – oder wir Beide, mussten doch nur irgendwelche Leute am Rande seines Weges sein – oder? Klar, wir hatten ein paar schöne Tage verlebt, aber was bedeutete das schon für Ihn? Für uns kam das einem mittleren Wunder gleich. Das er sich überhaupt mit uns abgab. Für ihn konnte es nichts Besonderes sein, da hatte er anderes Erlebt. O.k., die richtig wilden Zeiten hatte er sicher hinter

sich. Er war ja doch immerhin neunundsechzig. Und somit nicht
mehr so jung wie der Frühling. Ein Wunder war da schon eher, dass
er die Strapazen auf der Bühne auf sich nahm. Ob er das Geld
brauche? Eher nicht... für seine Fan´s... ganz sicher, aber ich denke,
er war einfach geil darauf, von der Bühne zu schauen, die Leute zu
sehen, die ihm zujubelten. Wem würde das nicht gefallen? Ja, das
spielte ganz sicher die größte Rolle. Ihm gefiel es, wenn er seinen
Bass als Maschinengewehr benutzte und sinnbildlich alle
niedermetzelte. Da stand er drauf. Die Power in den Händen zu
spüren, wenn der Bass brummte. Ja, alles das muss es wohl sein.
Aber das machte es nicht einfacher für mich. Ich hatte den riesigen
Lemmy vor Augen zu dem ich wie ein Gartenzwerg hinaufschaute.
Und er lächelte milde zurück. Etwas mitleidig. Schluss mit dem
Quatsch, sagte ich in Gedanken zu mir selbst, und in der Sekunde
wurde mir klar, dass es genauso toll werden würde, wie zuvor.

Ich aß weiter meine nun kalten Spagetti.

Der Abend

Lemmy hatte mich kurz angerufen und gesagt, dass ich an der
Abendkasse sagen soll, das Frank und Tina da wären. So tat ich es
und die Frau mit Haaren, die an die Queen erinnerten, gab uns zwei
VIP-Kärtchen. „Gehen sie damit da lang, bis sie an eine große graue
Eisentür kommen. Dort wird man ihnen den Weg weisen. Sie zeigte
mit der Rechten auf einen Weg, der links hinter die große Halle
führte. Dort standen zwei kräftige Männer mit kurzen Haaren, die
beide ganz in schwarz gekleidet waren. Schwarze Jeans uns Hemden
mit langen Armen. Einer hatte zusätzlich noch eine schwarze
Lederjacke mit bunten Aufnähern daran an. Er holte Luft um uns zu
sagen, dass wir hier nicht hineinkämen. Dann sah er unsere VIP-
Karten, nickte, und öffnete die Tür. Immer noch wortlos ging er
voraus, ohne Fragen zu stellen. Tina und ich tappten ihm hinterher.
Wir schauten uns einmal verwundert an, mussten aber auf den Weg
achten, denn der Typ hatte einen schnellen Gang eingelegt. Wir

liefen einen langen, weiß getünchten Gang entlang, der nur spärlich beleuchtet war. Auf der rechten Seite war eine Einbuchtung in der sich Garderobe und Toiletten befanden. Dann kamen wir an eine weiße Tür mit einem Stern darauf und darunter ein Schild mit dem Schriftzug – Mr. Kilmister. Der junge Mann klopfte dreimal laut an die Tür und verschwand! Unglaublich.

„Year", kam von innen – es war unverkennbar Lemmy – es sollte wohl „herein" bedeuten. Tina und ich gingen also hinein.

Er saß vor einem Spiegel auf einem Hocker. Vor ihm einige Schminkutensilien auf einem schmalen Tisch. Die Sachen gehörten wohl nicht zu ihm, waren wohl eher Teil der Einrichtung. Da stand auch ein Parfümfläschchen, welches eher zu einer Frau gehörte. Sicher hat es mal jemand vergessen oder es käme gleich ein weibliches Wesen um die Ecke, damit musste man rechnen. Ich hoffte nur, dass, wenn es so war, sie nicht halb nackt war. Das würde Tina weniger gefallen. Der Raum war so, wie man es aus Filmen her kennt. Eigentlich eher eine große Garderobe. Ausgestattet mit fahrbaren Kleiderständern, wie man sie aus dem Kaufhaus her kennt. Dies war quasi das einzige Mobiliar. Bis auf eine kleine helle Couch vor der ein kleiner Tisch stand. Darauf – Aschenbecher, mehrere Flaschen Kola und Whiskey. Neben der Couch entdeckte ich noch einen kleinen silberfarbenen Kühlschrank. Gefüllt war der sicher mit genügend Schnaps, der bestimmt gereicht hätte, die ganze Mannschaft zu versorgen.

Lemmy stand auf und begrüßte uns auf seine ganz spezielle Art – eine Mischung zwischen Umarmung und Schulterklopfen. So begrüßte er – ganz Gentleman – erst Tina, dann mich.

Wir wollten gerade die üblichen - „Hallo, wie geht´s-Floskeln" vom Stapel lassen als sein Schlagzeuger die Tür hereinkam. Mit dem Worten: „Oh, du hast Besuch" - schloss er wieder die Tür – öffnete sie jedoch gleich wieder einen Spalt, ohne weiter Notiz von uns zu nehmen, und fügte seinen Worten noch hinzu: „muss kurz was fragen... später Lem, o.k.?

„Ja, o.k." meinte Lemmy – widmete sich dann aber uns zu. Es war noch über eine Stunde Zeit, bis das Konzert losging.

Er sah – gegenüber dem letzten Sommer, schlecht aus. Eingefallene Wangen, seine Augen erschienen größer, seine Stimme erschien etwas fahl. Ich erschrak etwas, und ich glaube Tina auch. Ihre Mundwinkel erzählten mir, das auch sie ähnliche Gedanken hatte. Aber seine Freude uns zu sehen, war echt, und diese echte Freude beruhte auf Gegenseitigkeit. Und weder ich, noch Tina ließen uns etwas anmerken. Nein, es war auch sonst alles so, als hätten wir einen Zeitsprung gemacht – vom Sommer zum Winter. Geändert hatte sich nichts. Wir lachten und ich erzählte, dass ich vorhatte, ein Haus zu kaufen.

„Das ist gut", meinte er - „ich muss mal kurz fragen, was Mick will, bin gleich wieder bei euch." Dann verließ er den Raum, doch, so zwischen Tür und Angel wies er auf den Kühlschrank, und meinte, das wir uns bedienen sollten. Das taten wir auch. Wir hatten beide Durst. Auf dem Kühlschrank, standen, mit der Öffnung nach unten, drei Gläser auf einer Servierte. Im Schrank befand sich zu meiner Verwunderung auch eine Ampulle mit der Aufschrift „Insulin". Ich nahm eine Flasche Kola und füllte uns je ein Glas. Dann stellte ich die Flasche wieder weg.

„Ich erschrak, als ich ihn sah", vertraute Tina mir an.

„Ja, ich auch", musste ich zugeben, und fügte hinzu: „er sieht krank aus. Ich hoffe, das nichts ernstes ist."

„Nun", meinte Tina - „er ist ja nicht mehr ganz jung. Es ist Wahnsinn, dass er sich das überhaupt noch antut."

„Er sagte mir mal, dass er nicht ohne sein könne – ohne Bühne,
ohne Rock´n Roll. Ohne seine Kumpels. Das muss wie eine Sucht
sein", schloss ich.

Tina nickte nur. Wir tranken je einen Schluck und da kam er auch
schon wieder zu uns. Und ich glaube, ich himmelte ihn schon wieder
an. Ich kann immer noch nicht beschreiben, was er für mich
bedeutet, bis heute nicht.

Und warum das so ist!? Warum diese innere Verbindung so stark
war. Nur bei Tina war es so ähnlich – sicher kein Vergleich, da uns
etwas ganz anderes Verbindet – die Liebe eines Pärchens eben. Das
Gefühl für Lemmy war ungefähr genauso stark – nur ganz anders.
Bei Tina wusste ich im Voraus, was sie sagen würde. Wir empfanden
gleich. Lemmy und ich empfanden – so dachte und hoffte ich
jedenfalls, auch – zumindest ähnlich. Da war es die Musik und das
Schreiben der Texte. Aber es war mehr. Ich will es mal so
beschreiben: Künstler, ob sie nun davon leben können oder nicht,
haben einfach ein anderes Empfinden wie „normale" Menschen. Sie
können sich einfach besser in die Sachen hineinversetzen. Das ist
auch der Grund, das man solchen Leuten (auch mir), nur ein Thema
vorgeben muss – die Inspiration liefern also, und schon ist die Idee
geboren einen Song daraus zu machen oder die „Story" sonst wie zu
Papier zu bringen. Nun, darüber zu philosophieren brachte nichts –
keine Antwort. Ich, so beschloss ich, sollte einfach froh sein, diesen
großen Menschen kennengelernt zu haben. Das Universum lies sich
zur Zeit auch nicht zufriedenstellend erklären, also, was soll´s, sagte
ich mir. Man muss zugreifen wenn sich eine Chance bietet. Glück
war es wohl. Einmal in meinem Leben, pures Glück. Er hätte sich
nicht mit mir abgeben müssen. Kein Mensch kann richtig erklären,
warum man mit einem Menschen gut kann und man, bei einem
anderen genau weiß: das da ist ein Arschloch, obwohl man nicht
einmal seinen Namen kennt. Die Sympathie ist entweder da oder
nicht. Und bei uns war es so. Und es war etwas tiefes daraus
gewachsen – wie bei Tina und mir.

Lemmy kam wieder herein.

Wir plauderten noch eine Zeitlang von der Zeit im Sommer, dann musste er raus. Wir durften mit, blieben am rechten Rand der Bühne stehen, hatten somit den besten Platz auf das Geschehen. Die Show war gut. Aber die Party danach! Wir durften zur Band, aber Tina, und ehrlich gesagt auch mir, wurde es zu spät. Es war jetzt schon mitten in der Nacht und wir beide waren hundemüde. So schwer es mir auch fiel, wir verabschieden uns – jedoch nicht, ohne mit Lemmy etwas ausgemacht zu haben. Er hätte noch geschäftlich zu tun, meinte er. Seine Plattenfirma machte ihm Ärger (oder ärgerte nur er sich?) - er würde sich darum kümmern müssen; versprach aber sich in den kommenden Tagen zu melden.

Das tat er aber nicht. Ich war unruhig. Das glich ihm nicht, man konnte sich auf ihn verlassen. Ich wollte ihn aber auch nicht mit Anrufen bombardieren – ihn nicht – unter keinen Umständen, stalken und somit Vertreiben. Wohl möglich für immer. Das würde mich wieder in ein tiefes Loch werfen, aus dem ich nur schwer wieder herauskommen würde. Das wusste ich, weil, nun ja, er war mir mehr wie nur ans Herz gewachsen. Auch Tina hatte ihn liebgewonnen, wie einen Freund eben. Aber mir fehlte er. Aber, so dachte ich, wenn er sagte er meldet sich, wird er es auch tun. „Er wird sich noch melden", murmelte ich leise vor mich hin.

Doch es war bereits Dezember. Dezember 2015. Oft hatte ich das Handy in der Hand um seine Nummer zu wählen, legte es aber immer wieder beiseite. Er war mir zu wichtig. Die Gefahr das ich ihm auf den Geist gehen würde, galt es zu verhindern. Dies bewog mich dazu, nicht anzurufen. Er war seit einiger Zeit wieder daheim, das wusste ich. Und ich murmelte, mal wieder, vor mich hin: „Er besucht, so kurz vor Weihnachten, sicher einen seiner Söhne."

Der Gedanke, den ich schon einmal hatte; den von der Eintagsfliege, überkam mich wieder. Das ich doch nur eine

Randerscheinung für ihn war. Sicher, wir hatten tolle Abende und
auch Tage miteinander verbracht, aber, was bedeutete das schon für
ihn. Leicht enttäuscht gingen Tina und ich in den Alltag über. Wir
hatten die schönste Zeit mit ihm, wie es ein „Otto-normal-Verlierer"
nur haben konnte. Dies würde uns keiner nehmen. Vor allem in
meinem Kopf würde er bis an mein Lebensende regelrecht festsitzen.
Das war so klar wie das Amen in der Kirche.

  Nun, wenige Wochen vor Weihnachten nutzten wir die Zeit, für uns
und die Unseren Geschenke zu besorgen. Der Kauf des Hauses war
ebenso abgeschlossen. Demnächst, wohl noch Ende Dezember
würden wir die Schlüssel bekommen. Der Notartermin war letzte
Woche, und, sowie das Geld von der Bank überwiesen wäre, gäbe
der Notar das Freizeichen. Dann wäre ich Hausbesitzer, jedenfalls,
wenn alle Raten bezahlt wären. Ja, im Großen und Ganzen musste
ich zugeben, hatte sich mein – unser – Leben doch ganz gut
entwickelt. Und, entgegen dem Taumel, den ich mit oder durch
Lemmy hatte. „Ja, wurde mir klar – er hatte seinen Anteil daran.
Zumindest hatte er einen Stein ins Rollen gebracht, aber" - und das
wurde mir bei diesen Gedanken ebenso klar - „war ich selbst dafür
verantwortlich, dass mein Weg des Lebens nun ein anderer war. Ich
meine: auch wenn Lemmy mir Tipps ins Ohr flüsterte, mir Mut
machte und mich letztendlich auch inspirierte, so war doch ich es,
der den Telefonhörer in die Hand nahm und auf meiner heutigen
Arbeitsstelle anrief um sich zu bewerben. Ich rief auch meine Ex, der
Kinder wegen an. Ich war es, der ein Haus suchte, fand – und,
bezahlen würde. Den ehemaligen Gedanken, den, dass ich mein
Leben nicht in den Griff bekommen würde, diesen Gedanken konnte
ich in jedem Fall beiseite wischen. Ich besuchte die Kinder und sie
uns. Ab und an machten Erich und ich unser, nun, „Hobby-Ding" -
das wichtigste war jedoch, dass im Moment mal keiner Krank war,
beziehungsweise, das – für den Augenblick, die Krankheiten
überwunden waren (bis auf Rückenschmerzen, bei ihr und mir, was
wohl aber sicher zu den Geiseln der Zeit gehört). Und was Lemmy
anging - er hatte sein Leben zu führen, wie und mit wem und wann

er wollte. Sollte er sich bis ende des Jahres nicht gemeldet haben,
würde ich mich melden, dies hatte ich mir fest vorgenommen. Ob
wir uns je wiedersehen würden stand natürlich in den Sternen. Doch
das war o.k. - denn wie erwähnt: wir hatten unsere Zeit mit ihm. Eine
unbezahlbare Größe war das für uns Beide.

Weihnachten

Dieses Weihnachten war besonders schön. Das erste mal seit –
gefühlt einer Ewigkeit, hatten wir die ganze Familie am Tisch. Und
dies im neuen Haus! Neun Tage vor Weihnachten bekamen wir die
Schlüssel, was natürlich wie ein besonderes Weihnachtsgeschenk
wirkte. Auf den letzten Drücker, also etwa zwei Tage vor
Weihnachten, waren wir mit dem Umziehen und renovieren fertig
geworden. Es war so etwas wie ein Gewaltakt gewesen. Meine und
Tinas Verwandtschaft war, an einem ausnahmsweise mal sonnigen
Tag, zusammengekommen, um Möbel zu transportieren. Tinas
Schwester Inka hatte einen Anhänger hinter ihr Auto angebracht, was
natürlich von Vorteil war. Sie musste zwar mehrere Touren fahren,
aber wir hatten keinen Leihwagen gebraucht. Die kosten außer Geld
auch Zeit, denn man muss sie ja holen gehen und wegbringen und
betanken. Nein, das war pures Gold wert – auch, das diese Tage
zeigten, dass die Familie zusammenhielt, nicht nur zusammenwuchs.
Denn ebenso Hilfe hatten wir Tage zuvor beim Anstreichen und
Tapezieren. Und selbst am Fest, also am 24.12., es wurden Kuchen
gebacken und mitgebracht und Salate in verschiedenen Variationen
wurden genauso zubereitet und mitgebracht, selbst die eine oder
andere Flasche Wein brauchte ich nicht zu kaufen, was den
Geschmack noch eher verbesserte.

Jedenfalls hatten wir über zweit Tage, Heiligabend und den ersten
Weihnachtsfeiertag ein gelungenes und tatsächlich sogar,
besinnliches Fest. Wir dachten an die alten Zeiten, resümierten über
das, was alles passiert war und wollten alle zufrieden in die Zukunft
schauen. Wir alle hatten allen Grund dazu. Selbst dem kleinsten,

meinem Enkelchen, ging es ausgesprochen gut. Wenn sie nicht
schlief, aß sie. Ein liebes Kind, bis heute. Wir alle lachten – so, wie
zuletzt mit Lemmy gelacht hatten. Und genauso, wie mit ihm, wurde
getrunken und gegessen. Nur kurz dachte ich an ihn, wohl wissend,
dass er ja Geburtstag hat. Ich würde ihm später eine SMS senden,
hatte ich mir in dem Moment vorgenommen, es später aber
vergessen, da, nun ja, ich einen über den Durst getrunken hatte.

Am nächsten morgen schliefen wir etwas länger. Am Nachmittag
brachte ich dann meine Tochter mit dem Enkel nach hause. Sie
konnte, entgegen der kleinen Wohnung – hier in dem Haus auch mal
bei uns übernachten. Dies würden wir öfter so tun, hatten wir uns
versichert. Vorher hatten wir die Wohnung wieder auf Vordermann zu
bringen, auch dies taten wir gemeinsam.

Ja, ich war hochzufrieden an diesem Tag. Alles war gut.

Lemmy´s letzter Auftritt

Den zweiten Weihnachtsfeiertag verbrachten Tina und ich zum
größten Teil auf unserer bequemen grauen Stoffcouch, die wir uns
für die neue Wohnung zugelegt hatten. Die Wohnung jetzt, war nicht
nur viel größer, sie hatte sechs Zimmer, nein, sie war auch
gemütlicher. Tina brachte Teile ihrer alten Wohnung mit, was zwar
einen Mix aus verschiedenen Holzarten bedeutete, was jedoch
irgendwie einen gewissen Charme ausmachte. Wir nannten es „den
amerikanischen Stil", denn oft sieht man in Filmen eine knallrote
Couch und einen hellblauen Sessel davor, was dennoch immer
irgendwie gut aussieht. So war es auch bei uns. Sicher, es gab noch
tollere Häuser – die gibt es immer, aber – für das Geld eher nicht.
Wir konnten ohne viel Hickhack in das Haus einziehen, und ja, was
soll man auch anderes sagen. Wir waren, gerade im Rückblick auf
die letzten Tage, mehr als zufrieden – wir waren selig. Wir waren
angekommen, in unserem Leben, in unserem Hause, in dem wir uns,
von der ersten Sekunde an, wohlgefühlt hatten. Und – so wie ich es

Tina einst versprochen hatte, dies wäre nicht nur der Beginn einer neuen Ära – unserer Ära. Dies alles, so versprach ich es erneut, wäre nur die Spitze eines unsichtbaren Eisberges. Im Moment schien es nur bergauf zu gehen. Alle Hindernisse der Vergangenheit schienen überwunden zu sein.

Aber was dann geschah nahm mir den Atem.

3: 19 Uhr - mein Handy läutete

Lemmy! seine Stimme klang anders als sonst. So zart, wie ich sie ihm nicht zugetraut hätte. Ohne Begrüßung, ein Hi oder Hallo, und irgendwie seltsam, ratterte er einige Sätze herunter. Ganz monoton, ohne Pausen. Wie ein Tonband, erklärte er:

„Du wirst mich noch sehen, wenn ich schon tot bin. Du wirst mit mir reden können, und ich werde dir antworten. Das ist aber eine Sache zwischen uns beiden Arschlöchern. Gott spielt in dem Spiel nicht mit, also gib nicht damit an, sonst sperren sie dich weg.

Klick... tuuuut... er hatte aufgelegt

Ich war hellwach. Schaute zu Tina in der anderen Betthälfte. Sie hatte nichts mitbekommen.

Etwa einen Tag später – Ortszeit in Lemmy's Wohnung

Sein Sohn war mit einem Bekannten in seiner Bude. Lemmy war nicht mehr da. Sie hatten jedoch das Bedürfnis ihm nahe zu sein und das funktionierte am besten dort, wo er sich am meisten aufhielt. Bei all den Sachen, die er von der ganzen Welt zusammengesucht hat. Seine Erinnerungen wurden so zu den Erinnerungen seiner engsten Vertrauten. Tränen standen in den Augen beider Männer.

Das Display des Telefons blinkte. Lemmy´s letzter Anruf. Und sie fragten sich, wen er wohl als letztes anrief, aber sie mussten raus aus der Wohnung, alles je hier Erlebte ging ihnen zu nahe.

Ich wusste wohl, wem die Nummer gehörte. Es war meine Telefonnummer. Aber, um ehrlich zu sein, konnte ich mir keinen Reim machen, was seinen Anruf anging. Mehr hatte er nicht gesagt.

Am Abend dann las ich im Internet, das Lemmy tot war. Mir wurde der Mund trocken und es schossen mir die Tränen in die Augen. Es war der 28.12. Nachmittags und ich stierte nur vor mich hin.

Ich wollte es nicht glauben und murmelte vor mich hin: „Lemmy, ich brauch dich doch", und dann weinte ich wie ein kleines Kind dem man den Lutscher abgenommen hat. Jemand unsichtbares schnürte mir wieder dieses Korsett zu, das mir die Luft nahm. Fester und fester zog dieser Teufel das Korsett zu. Ich schnappte nach Sauerstoff, bis ich mich selbst – nach ewiger Zeit, wieder herunterbrachte, zurück auf den Boden der Tatsachen. Tina hatte heute relativ früh Feierabend. Kam von der Arbeit, und sah mich, als ich die Tränen von meiner Wange wischte.

„Was ist denn los?" - fragte sie entsetzt – sah jedoch auf dem Bildschirm meines Laptops, was los war. Sie erschrak sichtlich. Kurz darauf hatte auch sie Tränen in den Augen. „Das darf doch nicht wahr sein", waren ihre ersten Worte. „Wie ist das denn passiert?"

Uns erging es wie Millionen anderer Fans auf der Welt. Unverständnis, Unglaube verbreitete sich wie Flöhe auf einer Ratte. Immer noch schaute ich auf den Schirm, sah, wie er auf einem Foto in der Pose dasaß, wie wir ihn kannten. Lachend, seinen „Chef-Hut" an... im schwarzen Western-Hemd, seine Kette an, Zigarette in der Hand und eine Flasche auf dem Tisch. Daneben ein Glas, gefüllt mit Whisky-Kola - aufgefüllt mit Eiswürfeln. So hatte ich ihn in Erinnerung. So erlebte ich ihn.

Kurioserweise kam mir in der Sekunde mein Enkelchen in den Sinn! Den Grund hierfür verstand ich nicht; aber so erging es mir ja in letzter Zeit öfter – dass ich den Grund für die Dinge, die geschahen, nicht verstand. Wie sollte es auch zu verstehen sein, das dir ein quasi Fremder einen Rat, während des Schlafens ins Ohr flüstert. Oder, ebenso Fremde, dir im Vorbeigehen erklären, wo dein Idol sich aller Wahrscheinlichkeit aufhält (und selbst nicht kommen). Das erste Treffen mit ihm, ich verstand bis heute nicht, wie es soweit kommen konnte. Doch es war so. Und jetzt war er tot und ich vermisste ihn wie einen Vater.

Und ich war wie gelähmt. Unfähig klar zu denken. Nachdem es nur bergauf ging, folgte nun ein Sturz ins Bodenlose!

Zum Glück hatte ich zwischen den Feiertagen und sogar noch eine Woche darüber hinaus Urlaub. Und das war gut so, ich wäre kaum in der Lage gewesen, konzentriert meine Arbeit zu verrichten. Natürlich war es bei Tina nicht ganz so gravierend wie bei mir aber ihr tat die ganze Sache auch unendlich leid. Geschockt waren alle Fans weltweit, doch nur wenige hatten ihn so kennengelernt wie ich ihn, und diese Verbindung die ihn und mich verband. Da war ich wohl der Einzige, denke ich. Ganz sicher hatte er zu seinen Söhnen und deren Frauen ein viel tieferes Gefühl wie zu mir, was ja nur selbstverständlich ist. Auch seine „Kollegen" - Roadies, und vor allem – alle seine Freunde, die jeweils mit ihm auf der Bühne gestanden hatten, die also an seinem Tisch saßen und aßen. Die mit ihm im Tour-Bus waren. Ja, da kannte man wohl sogar das Geräusch und die Duftmarke, wenn einer einen Furz lies. Dadurch entsteht ja eine Vertrautheit, wenn man Tag und Nacht mit Menschen zusammen ist – und selbst solche Details einem bekannt sind. Selbst wenn man seinen Freund mit einer Frau im Hotelzimmer verschwinden sah. Man wusste wie sie aussah, wie sie redete und was sie gleich tun würden. Und das gleiche wusste er von dir, ja, das zusammen Erlebte eben. Die Dinge, die einem vielleicht bis zum Lebensende im Kopf blieben. Alle Erlebnisse - selbst die unpopulären; wie Drogen nehmen und Alkohol in sich schütten. Wie man auch dazu stehen mag, sie taten es zusammen und es gehörte zu ihnen. Und sie erzählten anderen davon. Wie bei einem Ehepaar, wo jeder weiß, was mit dem anderen gerade los ist. Manager, Freunde aus der Kneipe in der er immer ging – der Wirt dort, einfach beinahe alle, die ihn kannten, ging sein Tod nahe oder sogar sehr, sehr nahe. Aber das war was anderes. Das war Verwandtschaft oder langjährige Freundschaft. Großartige Freundschaft.

Aber ein Detail unterschied mich von all Denen, dessen war ich mir bewusst. Ich war derjenige den er als letzter anrief. Vielleicht war ich sogar der letzte, mit dem er überhaupt Kontakt hatte. Diese Worte, die er mir sagte; mir stellten sich die Nackenhaare, wenn ich daran dachte. Gänsehaut überflutete meinen gesamten Körper. Die Frage war, warum er a – mich auserwählt hatte, um zu sagen was er sagte, und b – warum er gerade dies zu mir sagte! Du wirst mich hören"

Schweiß lief über meine Stirn. Kalter Schweiß. Ich war fertig. Schüttelte mich, dass ich wieder zur Besinnung kam. Tina hatte mich alleine gelassen und das war gut so. Sie wusste stets was mir guttat. Sie wusste, das hatte sie mir später anvertraut, dass sie mich in Ruhe lassen musste. Sie wusste, das ich meine Gedanken ordnen musste, um damit fertig zu werden. Sie war die Einzige, die auch nur eine Ahnung hatte, was zwischen uns entstanden war. Dieses unerklärbar tiefe Verhältnis, das entstanden war. Sie wusste zwar nichts von meinen mystischen Erlebnissen, dem, was er mir ins Ohr sagte - ich hatte nichts davon gesagt. Natürlich aus Angst für Verrückt erklärt zu werden – oder, das selbst Tina es als Einbildung abgetan hätte.

An dem Punkt war ich mir ja selbst nicht so ganz sicher. Ich konnte mir selbst nie zufriedenstellend die Frage beantworten. Ob ich schlief und alles träumte. Ob es nur Einbildung war – ich mir also vorstellte, was er hätte sagen können, und dann der Meinung war, er hätte es gesagt (was verrückt gewesen wäre) – oder aber, es gab dieses Mystische, Göttliche (oder was?) tatsächlich, und die Verbindung zwischen uns war einfach da. Telepathie? - falls es so was gab. Ich wusste es nicht. Und ich konnte mir auch nicht vorstellen, wer mir hätte die Frage beantworten können. Ein Geistlicher? Ein Philosoph? Den Nachbarn? Sicher hätte jeder eine Antwort gegeben; so hätte ich drei oder mehr Antworten gehabt, aber wäre eine davon die Richtige gewesen? Mir wurde bewusst, dass keine solche Frage ordnungsgemäß zu beantworten war. Viele Leute sagten wohl daher, dass verschiedene Dinge oder Begebenheiten, wie es so schön hieß: zwischen Himmel und Erde – einfach nicht erklärbar waren. Wahrscheinlich nie sein werden. Mir kam das Thema Inkarnation in den Sinn. Das Leben nach dem Tod. Viele Menschen auf der Welt haben demnach die Vorstellung, das die Seele eines Verstorbenen, in einem anderen Wesen weiterlebt. Interessant (für mich interessant) ist zu dem Thema, dass verschiedene Glaubensrichtungen dem folgen. So gibt es amerikanische Indianerstämme, die dies glauben, viele Christen – vor allem „Zeuge Jehova", eine christliche Gruppe, glaubt ja nach dem Tod in den „Garten Eden" aufzufahren. Wer weiß? Da aber auch Buddhisten und Hinduisten dergleichen glauben, dachte ich, dass sich Milliarden Leute nicht komplett irren konnten.

Wenn also so viele Menschen überall auf der Welt diese Vorstellung haben, wer will dann schon sagen, dass die sich alle täuschen, nur, weil es noch keine zufriedenstellende Erklärung gab. Wissenschaftler meinen, alles mathematisch erklären zu können, scheitern aber an diesen Punkten. Mir fiel ein, das in den siebziger Jahren des letzten Jahrhunderts, eine neue (Halb-) Wissenschaft auf die Bühne der Erde kam – die Parapsychologie. Gerade die Frage der Telekinese und der Hellseherei wollte man, nach wissenschaftlichen Vorgaben, untersuchen und beweisen. Zu der Zeit wurden auch viele Ufo's gesichtet. Aber, soweit ich weiß, wurde zu keinem der Themen je ein ernstzunehmendes Ergebnis erzielt. Sicher, es gab unzählige Veröffentlichungen, dieser – zugegeben – interessanten Dinge. Sogar das russische, aber auch amerikanische Militär, waren am Hellsehen interessiert. Man stelle sich vor, man weiß was der Gegner vor hat. Der Krieg wäre halbwegs gewonnen.

Herauskam, bei all den Untersuchungen – auch was die Ufo's angeht – das vieles erklärt werden konnte. Ein Beispiel hierfür war, das man sowohl bei der Bibel, wie auch beim Talmud, dem jüdischen Buch der Weisheit, den je zehnten Buchstaben von oben nach unten markiert, und siehe da – man konnte Sprüche daraus lesen! Und dies bei beiden Büchern. Man versuchte, wissenschaftlich - eine andere Zahlenfolge, mit dem Ergebnis, das nun andere Sätze dabei herauskamen. Der letztendliche Schluss, den man folgerte, war, dass ein Buch nur dick genug sein muss, sodass eigentlich immer ein Spruch, wie: Jesus liebt dich – dabei vorkommt. Ein Test bei dem Buch: „Moby Dick" ergab ein ähnliches Ergebnis: also...

Aber: bei je zirka einem Prozent der Vorfälle – also, sowohl bei den Ufo-Sichtungen, als auch bei verschiedenen mystischen Vorkommnissen, konnte man nicht erklären, wie es sein konnte, wie es beschrieben wurde. Nun hört sich ja ein Prozent wenig an, wir reden jedoch von hunderten Ereignissen, Weltweit.

Nun, das, was zwischen Lemmy und mir passierte, musste wohl unter diesen berühmten einem Prozent liegen. Apropos: hab ich erwähnt, das Lemmy auch ein Ufo gesehen haben will?

Nun ja, Gedanken wie diese, ließen es zu, dass ich das Geschehene verarbeiten konnte. Ja, auch die Zeit heilt ja bekanntlich Wunden. Die Tage kamen und gingen. Ich ging zur Arbeit. Tina und ich, wir hatten eigentlich immer noch eine gute Zeit. Lemmy's Tod tat unserer Liebe keinen abbruch-, das wäre besonders Schlimm gewesen. Der Alltag holte uns wieder ein. Menschen sterben nun mal, das war eine Tatsache. Traurig aber Wahr. Und der Tod machte vor keinem Halt. Vor keinem Musiker, keinem Manager, keinem Fabrikarbeiter – wie mir. Ja, auch meine Uhr würde irgendwann ablaufen, wie bei jedem eben. Wie bei Lemmy. Das, was so schlimm war, war nicht nur das, was man Trauer nennt, sondern das Verwirrende, unerklärliche „Etwas", das ich nicht verstand.

März... die Zeit verfliegt

Tina ging es schlechter. Ihr Rücken meldete sich wieder. Die Frage einer OP stand im Raum. Vorerst standen noch weitere Untersuchungen an. Eine Kurbehandlung sollte erste Antworten bringen. Ich war froh darüber, das sie eine Reha antreten würde, da ich aus eigener Erfahrung nur Gutes sagen konnte. Die Leute in einer solchen Einrichtung wissen genau, was zu tun ist. Es ist ihr Spezialgebiet. Sie tun nichts anderes, und eigentlich immer mit Erfolg. Bis auf wenige Ausnahmen, wo dann doch nur eine Operation half. Lemmy war noch da, aber nicht mehr alltäglich präsent. Tina war jetzt wichtig. Es sollte ihr wieder gutgehen. Damit wir wieder unser Leben leben konnten, wie wir es uns wünschten. Unbeschwert, lustvoll, glücklich. Wie wir es uns immer wieder versprochen hatten. Einmal keine Krankheit, bei keinem Mitglied der zwei Familien. Leben genießen mit allen Sinnen, das wollten wir. Doch das lag in der Zukunft. Ein Traum. Ein Wunschtraum? Sollte es der bleiben? Würde dieses auf und ab, dieses Chaos bei uns bleiben? Würde das Chaos nicht aus der Wohnung ausziehen wollen? Bei anderen Leuten ging es auch mal auf und ab, aber so wie bei uns! War das normal?

Aber, was war schon normal, in einer Zeit, wo es nichts normales zu geben schien. Alles eher verrückt, unglaubwürdig, unvorstellbar. Paranormal.

Der Traum

Ja genau – Paranormal. So sollte es weitergehen. An dem Tag im April, einige Tage nach meinem Geburtstag, begleitete ich Tina zur Reha, die sie wegen ihrem Rückenleiden an dem Tag antreten sollte. Sie würde, aller Voraussicht nach drei bis vier Wochen bleiben. Sie hatte eine Einrichtung gewählt, die nicht so weit weg war. Wir hatten daher vereinbart, dass ich sie täglich besuchen würde. Und für das kommende Wochenende hatten wir sogar ein Beistellbett für ihr

Zimmer bestellt. Ja, sie hatte das Glück in einem der Einzelzimmer unterzukommen. Andere mussten sich ein Zimmer teilen. Nun, hier und da klopfte der Glücksbote eben doch noch an unserer Tür. Wenn auch viel zu selten.

Ich hatte Mittagsschicht an dem Tag, war früher aufgestanden, als ich es normalerweise bei dieser Schicht tue. Wir sollten bis spätestens elf Uhr da sein. Nun, wir waren pünktlich. Fünf Minuten vor elf traten wir vor Ort an die Rezeption. Tina meldete sich an. Gern hätte ich ihr noch ihren Koffer in ihr Zimmer gebracht, doch die Bürokratie ließ dies nicht zu. Sie musste zirka zwei Kilo (nur wenig übertrieben) Formulare ausfüllen, sodass die Zeit für mich zu knapp wurde. Ich würde eine gute halbe Stunde wieder für den Weg zurück brauchen, und musste ja noch was Essen, bevor ich zur Arbeit fahren würde.

Daher verabschiedete ich mich von Tina, mit einem Blick zur Armbanduhr und der Bemerkung, dass es für mich Zeit wurde. Wir beschlossen, dass sie mich später anrufen würde, um mir mitzuteilen, wie das Essen ist, und wie ihr Zimmer aussieht.

„Wenn das Zimmer so schön ist, wie es die Eingangshalle verspricht" - meinte ich, währenddessen ich mich umsah, - „dann ist das Zimmer mindestens o.k.". Ich lächelte sie an, küsste sie zärtlich und überließ sie nur ungern ihrem Schicksal. Sie war fremd, kannte sich nicht aus, hatte Schmerzen – und ich musste sie verlassen, um zur Arbeit zu fahren. Die Arbeit an sich war okay. Ein Tag wie jeder Andere. Jeder, der mal in einer Fabrik gearbeitet hat, weiß von was ich rede. Die Abläufe sind quasi immer gleich. Man weiß sogar um wie viel Uhr man soundso viele Teile gefertigt hat, wenn alles normal läuft und keine Störung den Ablauf behindert. Tina hatte mir ein Foto ihres Zimmers aufs Handy geschickt. Nett, mit Balkon und eigener Toilette. Das war gut und freute mich für sie. Wichtig war für mich jedoch, das sie endlich Linderung erfahren sollte. Wir telefonierten noch kurz, um uns eine gute Nacht zu wünschen. Ich aß noch einen Happen, machte die Glotze an, schaute aber nicht wirklich ins den Fernseher, sondern stierte vor mich hin. Da ich eine Flasche Bier getrunken hatte, wurde ich plötzlich sehr müde. Ich machte das TV-Gerät aus und ging ins Bett.

Nachdem ich den Wecker gestellt hatte. Ich wollte wieder, wie Heute, um die selbe Zeit aufstehen, um Tina noch vor der Arbeit zu besuchen, fielen mir die Augen zu. Ich legte mich zur Seite und schlief augenblicklich ein.

Ich träumte einen unruhigen, rastlosen Traum. Es war so, wie bei einem, dessen letztes Stündchen geschlagen hat, wo dann das bisherige Leben vor dem inneren Auge ablief. Eher Erinnerungen. Ich las mal, dass die Menschen, wenn sie träumen, den gerade erlebten Tag im Traum verarbeiten. Bei mir war es das ganze bisherige Leben.

Angefangen hatte der Traum, indem ich „Fotos" aus der Kindheit sah. Die Bilder die ich mal mit Mutter betrachtete. Ich auf einem Dreirad, einem Fahrrad, Bilder aus der Schule, der Lehre (da war mal eine Weihnachtsfeier beim Chef) - dann sah ich mich, etwa zu der Zeit, als ich die Mutter meiner Kinder kennenlernte. Die Bilder erschienen in schneller Folge, tatsächlich wie ein Film. Hier und da konnte ich ein „Bild" mal länger als nur ein/zwei Sekunden betrachten, als ob die Zeit mal kurz stehengeblieben wäre – etwa, als ich meine Erstgeborene Tochter das erste Mal in Armen hielt. Dann wechselten die „Fotos" wieder schneller, zum Beispiel, als ich mich bei meinem heutigen Chef vorstellte. Der Traum sollte mir wohl klar machen, so schloss ich später, dass es wichtige Dinge in meinem Leben gab, und Randerscheinungen. Ein schnelles Bild war dann meine Hochzeit. Etwas länger durfte ich dann die Fotos, oder besser:

die Erinnerungsstücke meines Erlebten, betrachten. Sehr lange
erschien mir dann Tinas weiches Gesicht (wer steuerte dies
eigentlich?) ich sah das Bild von ihr vor mir, welches ich auch auf
meinem Handy als Hintergrundbild gespeichert ist. Dann sah ich –
ebenso lange – Lemmy vor mir. Die Szene, als wir lachend vor dem
einarmigen Banditen standen und ich gerade eine Serie hatte. Als er
mich das erste Mal sah und mich zu meinem Glück
beglückwünschte. Dann sah ich Fragmente aus den Konzerten,
zwischendurch als ich neben Tina im Krankenhaus, Nachts um ein
Uhr an ihrem Bett stand, ihr im Schlaf die Hand hielt und hoffte und
betete, das es ihr bald wieder gutgehen würde. Ich sah die kleine
Kapelle, die geschnitzte Figur, der Heilige, der sie anzusehen schien
- mir so sagen wollte, das er sie beschützen würde... was er ja auch
tat. Dann sah ich wieder Lemmy, wie wir bei ihm zuhause waren.
Teile des ersten Urlaubs, den Tina und ich immer noch, trotz der
Erkrankung, in guter Erinnerung behielten. Denn eigentlich war es,
bis auf den Durchfall, ein fantastischer Urlaub. Obwohl – die Tage
bei Lemmy natürlich alles übertrafen. Dies waren unübertreffliche
Tage, auch für Tina – sie hatte ja auch noch zeitgleich das große
Fragezeichen einer Krankheit im Kopf, von der wir zu dem
Zeitpunkt nicht wussten, ob harmlos oder nicht. Sie hatte es grandios
überspielt. Dann sah ich, für eine Millisekunde, meine Arbeitsstelle.
Ich sah meine Kinder lachend an einem Tisch, dann wieder Tina,
dieses Mal mit Rückenleiden. Dann der letzte Anruf von Lemmy. So
nass, als käme ich gerade aus der Dusche, erwachte ich. Das
Kopfkissen war schwer und feucht, ebenso wie die Decke, die ich
nun zur Seite schob, dass mein Körper und meine Lunge, wieder
Luft bekamen. Die Depression hatte mich wieder ereilt. Aber mein
Verstand holte mich wieder auf den Boden der Tatsachen. Mir war ja,
gerade in den letzten Wochen und Monate bewusste geworden, dass
ich kein gewöhnliches Leben gelebt hatte. Sicher, die Auf´s und Ab´s

im Leben, das kennt beinahe jeder – aber mit dem was Inhalt meines
Lebens war, da gab es wohl kaum einen Vergleich. Jedenfalls nicht
mit dem Teil, den ich mit Lemmy erlebt hatte. Und damit meinte ich
weniger den Spaß den wir hatten, sondern vielmehr, diese
unerklärliche Verbindung zwischen uns. Die selbst nun, nach seinem
Tod noch bestand. Er hatte mir Tipps fürs Leben gegeben, und gab
sie mir noch. Und da sollte man mal nicht verrückt werden. Dies war
verwirrend und ich zweifelte ab und an an meinem Verstand. Gerade
nach diesem Traum. Doch mir wurde klar, dass Lemmy mir genau
diesen Traum sendete, damit ich verstand und nicht irre wurde. Ich
sammelte damit meine Gedanken und verarbeitete das Erlebte, was
letztendlich half wieder in die Zukunft zu blicken und das Leben zu
leben, ganz so, wie Tina und ich es uns wünschten. Sie war, dessen
war ich mir sicher, in dieser Reha gut aufgehoben. Sie würden ihr
dort helfen. Wenn sie in ein paar Wochen dort entlassen werden
würde, würde es ihr besser gehen, dies wusste ich in dem Moment.
Wir würden endlich unser Leben leben – gesund. Und Lemmy würde
helfend einschreiten, wenn es nötig wäre. Ich würde zuversichtlich in
die Zukunft schauen können. Geld, Arbeit, Gesundheit, alles war
vorhanden. Das erste Mal in meinem Leben wurde mir klar, das ich
zwar ein unruhiges Leben hatte, ich mich nun jedoch auf dem
richtigen Pfad befand. Das Haus, Tina, die Familie... alles war gut.
Klar, man musste immer daran arbeiten und gegen den Tod hatte man
eben keine Chance, er holte jeden irgendwann ein, auf der Autobahn
des Lebens. Aber bis dahin hatte man vieles selbst in der Hand.
Vieles. Wenn auch nicht alles. Aber, wenn man erkannt hat wo die
Fehler liegen, die man so – Zeit seines Lebens nun mal machen kann.
Wenn man dies korrigiert, wie ich es tat, dann hat man zwar Fehler
gemacht, wie wohl jeder Mensch auf dem Erdball, man hat aber auch
den Absprung geschafft und ist auf der Bahn des Glücks und der
Lebensfreude gelandet. Hat alle Zweifel und Missgeschicke

ausgeräumt. Hat erkannt, was wirklich wichtig ist. Man hat gekämpft und gesiegt, und muss von nun an nur noch dafür sorgen, dass es so bleibt. Indem man seinen Partner liebt und achtet, auf ihn aufpasst. Sodass er gesund bleibt, die Arbeit ordnungsgemäß verrichtet, schaut, das es den Kindern und einem selbst an nichts fehlt. Also schaut, das man auf dem richtigen Weg bleibt und nicht abschweift. Wenn man dies erreicht kann man unbesorgt in die Zukunft sehen.

„Hand in Hand, zusammen mit dir an der Seite" - so hatte ich es Tina versprochen - „so werden wir in unserem Haus alt."

Und Lemmy hatte mir die Richtung gezeigt, das wusste ich nun.

Mein Wecker zeigte mir, das ich noch einige Stunden schlafen konnte. Ich drehte mich um und schlief zufrieden, mit dem Wissen, dass unser weiteres Leben gut verlaufen würde, mit einem Lächeln auf den Lippen wieder ein. „Du wirst von mir hören und du wirst mich sehen und du wirst mit mir reden können, und ich werde dir antworten", - mit Lemmy´s letzten Worten schlief ich dann ein.

Kapitel 15

Teil 7

Der Traum geht weiter

Ich besuchte Tina. Wenngleich ich auch nicht viel Zeit hatte – und ehrlich: in der Mittagsschicht mache ich es nicht gern; früh aufstehen. Ich muss zugeben, dass ich eher ein Nachtmensch bin. Spät abends nach hause kommen, war und ist nicht so schlimm für mich, wie morgens aufzustehen. Die Mittagsschicht zog sich auch immer. Bis man was gegessen hat, ist es beinahe Mitternacht – und dann gleich ins Bett gehen? Nein, man muss abschalten. Die Aufregung abschütteln. Da wird es dann schnell ein Uhr Nachts. Wer will da morgens um sieben schon wieder aufstehen? Und dies nur, um für eine Stunde die Freundin zu besuchen – zwei Fahrten von je einer dreiviertel Stunde auf sich zu nehmen? Nun, wenn es dazu beitrug dass es Tina besser ging! Für die Liebe seines Lebens tut man doch Einiges. Morgen war ja auch Wochenende und da brauchte ich ja nicht zu hetzen um später dann noch auf die Arbeit zu rasen. Aber was bedeuteten zwei Tage Stress, vor allem im Hinblick, was Tina und ich bereits hinter uns hatten? Nichts!

Nein, alles war gut – vor allem, als Tina mich lächelnd am Eingang begrüßte. Es ging ihr bereits sichtlich besser. Abschalten und aus dem Trott herauskommen ist halt immer gut. Nachdem sie mich zur Begrüßung geküsst hatte, zog sie mich an der Hand in die dortige Kantine. Wir tranken einen Kaffee. Ja, sie hat oft gute Ideen. Sie stellte mir ihr Programm vor. Sie würde Turnübungen machen. „Wasserballett" - also Übungen unter Wasser, sie würde Massagen erhalten und Fangopackungen.

Ich war zufrieden, als ich das hörte. Wusste ich doch, dass diese Maßnahmen helfen würden. Das Skelett wird eben entlastet, wenn die Muskeln trainiert sind. Zufrieden und gut gelaunt verabschiedeten wir uns, nachdem wir uns noch eine Zeitlang unterhalten hatten. Ein Blick zur Uhr sagte mir, dass ich wieder weg musste, was mich ärgerte. Genauso wie gestern wäre ich gern bei ihr geblieben und hätte mit ihr den Tag (und die Nacht) verbracht. Aber wie oft musste man Verzicht üben im Leben? Unzählige Male! Der Gedanke, das bald alle Ampeln des Wegs, auf dem wir uns nun befanden, auf Grün geschaltet waren, ließ mich dies leicht überwinden.

„Zusammen würden wir jede Hürde nehmen – Hand in Hand" - dies war unser Versprechen und unser Ansporn – und ich hatte, sozusagen, Lemmy in der Hinterhand. Als „Ace of Spades" - Pik-Ass – die höchste Spielkarte. Ich wusste, dass er da war, wenn ich ihn brauchen würde. Wenn ich nicht mehr weiter wüsste.

Dies hatte er mir nicht umsonst versprochen. Gleich zweimal – einmal beim letzten Anruf – und zum zweiten Mal durch die Wiederholung der Worte bei dem gestrigen Traum, welcher immer noch in meinem Kleinhirn gespeichert war. Wohl unauslöschlich – als ewiges Neon-Hinweisschild, welches mir stets den Weg zeigen würde. Falls ich mal in Versuchung geraten würde, den Weg wieder zu verlassen, würde diese Neonreklame, diese Erinnerung, wieder aufleuchten, und mich blinkend auf dem Weg zurückführen.

Nun, der restliche Tag verlief quasi baugleich wie der gestrige – einschließlich des Traumes, der folgte.

Traum, zweiter Teil

Wie bei einem sich wiederholenden Ritual, lag ich wieder auf der Seite, wie immer, bevor ich einschlief, und sah wieder diese Bilder, die in schneller Reihenfolge in mein Gehirn projiziert wurden.

Dieses Mal zeigte „Er" mir (wenn er es denn war?) - meinen Vater, viel jünger, als ich ihn zuletzt zuhause gesehen hatte. Nein, es war der Zeitpunkt, als er Stein auf Stein legte. Eine Kelle Mörtel auf die Steinreihe klatschte, und weitere Ziegel auflegte. Ich sah meine Exfrau, als ich mit ihr stritt. Echte Wut kochte hoch. Wie im Halbschlaf merkte ich, das mein Herz bis zum Hals schlug. Dann sah ich noch das geritzte Bein meiner Tochter. Völlig gerade Schnitte, vier Mal in einer Reihe. Gleichlang, Gleichtief waren die Schnitte. Eigentlich waren es zarte Narben. Dann Maschinengewehrfeuer! Ratt-tat-tat-ta-ta. Qualm und Feuer im Hintergrund, sodass man den bewölkten Himmel kaum sehen konnte. Wo war die Sonne? Zwei Männer mit Pickelhauben und langen Gewehren um die Schulter, sprangen in ihren zerrissenen dunklen, mit Matsch bespritzten Uniformen in einen Schützengraben. Einer nahm, lächelnd, weil gerade dem Tod entronnen, den Helm ab, um sich zu kratzen oder den Schweiß von der Stirn zu wischen und wurde von einer Kugel in den Kopf getroffen! Des Opa's Freund? Nein, dies war der erste Weltkrieg. Lemmy's Vorstellung des Krieges! Ja, nun sah ich, was wohl Lemmy mal sah – in meinem Traum! - ein riesiges Feld mit weißen Kreuzen, und auf keinem der Grabsteine des Militärfriedhofes war ein Name verzeichnet. Gräber ohne Namen, wie in Lemmy's Lied 1916.

Ich wurde kurz wach, schlief jedoch kurz darauf wieder ein. Die Uhr zeigte 3: 19 – die selbe Zeit wie bei Lemmy's letztem Anruf!

Als ich wieder eingeschlafen war, sah ich Lemmy vor mir. Er saß da... alles erschien so real... es war, als ob er an unserem Esszimmertisch mir gegenüber saß. Dieses Mal war er ernst. Zu seinem Lebzeiten hatten wir ja quasi nur gelacht. Also war ich gespannt, was er mir gleich sagen würde. Und ich spürte immer noch wie mein Herz aus meiner Brust springen wollte. Im Tiefschlaf! So real... so real.

„Hallo mein Freund", meldete er sich, und seine Lippen formten sich zu einem schmalen Lächeln.

„Was gibt's Lem" - fragte ich, ganz so, als ob wir, wie gerade gestern das letzte Mal miteinander geredet hätten. Und ich kam nicht umhin ihn zu fragen, warum er mir diese Bilder schickt.

„Ich hab diese Bilder auch gesehen", antwortete er – den Krieg. Ich hab versucht mich darin hineinzuversetzen. Es dreht sich darum auf Dinge aufmerksam zu machen, und dafür musst du die Dinge verstehen. Wenn du das perfekte Lied schreiben willst, musst du erkennen, auf was es ankommt. Der Text ist bei vielen Liedern echt wichtig. Nicht bei allen. Aber bei dem perfekten Lied muss es einfach sein."

„Und das willst du mir zeigen?"

„Ich hatte über zweihundert Titel. Alle waren gut. Viele waren sehr gut. Die Leute wollten immer einen Song."

„Ace of Spades."

„Genau, sicher einer der besseren Songs - aber, verdammt, er war nicht der Beste beschissene Song den ich schrieb. Nun, ich komme nicht mehr dazu. Aber du und dein Kumpel. Ich sah, das er nicht schlecht ist. Und ich sah deine Texte. Ich will dir helfen den perfekten Song zu schreiben. Ich war kurz davor, bis diese Scheiße anfing und ich die Welt verließ. Aber noch bin ich da... bei dir... hast du den Mut mir zu folgen? – Arschloch!

„Und ob – Arschloch, ich folge dir, soweit es geht. Und wenn ich helfen kann - für dich, oder besser, mit dir, den perfekten Song zu schreiben, dann werde ich das verdammt noch mal tun. Und wenn es das letzte ist, was ich in meinem beschissenem Leben tue. Aber mal ehrlich - wenn dies gelingt, wäre dies der Teil, den ich dir zurückgeben könnte. Du gabst mir so viel."

„O.k., mein Freund", sagte er nun lächelnd - „lass es uns angehen.

Aber der Wecker läutete unaufhörlich und holte mich aus dem Traum. Umdrehen – weiterschlafen – und mit Lemmy rocken? Nichts lieber als das.

Aber da war eine andere wichtige Person – Tina. Ich rappelte mich mit einem weinenden und einem lachenden Auge aus dem Bett. Ich wäre gern liegengeblieben, doch die wirklich reale Tina konnte nicht warten. Sie wartete im echten Leben auf mich.

Wenngleich die Traumwelt natürlich eine fantastische war, sogar beinahe greifbar. Der perfekte Song – in Zusammenarbeit mit Lemmy. Ein wahrhaftiger Traum, in jeder Hinsicht. Ich war noch nicht wach, wusste noch nicht, ob der Traum echt war – doch was sollte er sonst sein?

Aber eines nach dem anderen. Tina kam zuerst an die Reihe, dann Lemmy. Der nächste Traum würde zeigen, ob Lemmy wieder „erscheinen" würde, oder, ob der Traum wie eine Seifenblase platzen würde. Aber ich hatte so eine Ahnung, um nicht zu sagen Vorahnung.

Tina ging es zusehend besser. Sie war gut gelaunt und wir verbrachten ein wunderschönes Wochenende, das keine Wünsche offen ließ.

Traum 3

Die Woche darauf hatte ich Frühschicht. Ich hasse diese Schicht! Wer steht schon gern gegen vier Uhr morgens auf, um dann um sechs Uhr, wenn andere sich noch einmal, nach einem Blick auf ihren Wecker, im Bett herumdrehen, um noch eine Mütze voll Schlaf nehmen, während du bereits am werkeln bist. Und dies um diese unchristliche Zeit. Nun, ich nicht – und was nützt es, wenn du zwar früh zuhause bist, du aber zu müde bist, um dein Essen zu kauen. Dein einziger Gedanke ist, dich etwas hinzulegen. Die Idee, von Außenstehenden – man könne dann ja noch am Haus was arbeiten, der ist noch nicht um vier aufgestanden.

Nun ja, manche Dinge sind wie sie sind, und nicht zu ändern. Das sind die Begebenheiten, auf die man keinen Einfluss hat. Wo man sich fügen muss. Wo man eben durch muss. Augen zu, und weiter.

Am Mittag besuchte ich dann Tina. Die Temperaturen waren durchaus bereits sommerlich warm. Die Sonne schien und es waren nur ein paar harmlose Wolken am sonst blauen Himmel. Die Arbeit war – für einen Montag, durchaus gut verlaufen. Dieser Umstand, und des schönen Wetters wegen, und, das ich Tina gleich sehen und umarmen würde, ließ meine Stimmung zwei Etagen höher heben. Meine Gedanken waren vollkommen klar. Die Träume der vergangenen zwei Tage, waren im ersten Schritt verwirrend, letztendlich sorgten sie jedoch für Ordnung. Ich schrieb ja auch alles jeden Tag auf, führte sozusagen Tagebuch. Und dies kann ich nur jedem empfehlen. Das Erlebte, gerade dann, wenn es chaotisch ist, aufzuschreiben. Tut gut und ordnet in der Tat die Gedanken. Mir jedenfalls wurde dadurch klar, dass alle Träume und „übersinnliche" Erlebnisse, die ich hatte, nur meiner Fantasie entsprangen. Ich sah Lemmy nicht als Geist oder so. Ich war und bin zu sehr wissenschaftlich orientiert, um an so etwas zu glauben. Nein, ich war mir sicher, dass dies alles meine Art war, über seinen Tod hinweg zu kommen. Und doch, diese Realität, wie ich ihn sah, und glaubte die

Sachen zu hören, die Er hätte sagen können, ließen Zweifel. Die berühmten ein Prozent unerklärlicher Phänomene. Wer konnte schon letztendlich mit Gewissheit sagen, was zwischen Himmel und Hölle wirklich los ist. Nicht wenige Menschen glauben ja an die Reinkarnation – die Wiedergeburt einer Seele in einem neugeborenen Wesen – Mensch oder Tier. Jedenfalls einem Wesen, das eine Seele besitzt. Es gab für mich jedoch keinen Sinn darüber zu philosophieren, ich würde doch zu keinem befriedigenden Ergebnis kommen. Niemand wusste wirklich darüber Bescheid. Es gab einfach zu wenige verlässliche Quellen, bei denen man zu dem Thema hätte sagen können: nach unseren Untersuchungen kamen wir zu dem Schluss, dass. Ich musste damit leben, das Lemmy von Zeit zu Zeit in meinem Kopf war – und verdammt, das war weder schlimm noch schlecht für mich. Im Gegenteil. Seine „Anwesenheit" tat mir stets gut. Er fungierte quasi als Ratgeber, wie die ganze Zeit schon. Was sollte schlecht daran sein? Ich hörte sogar auf seinen Rat, und sagte niemanden etwas. Nicht einmal Tina. Er hatte Recht. Das war nichts um damit anzugeben – im Gegenteil. Wenn ich damit hausiert hätte: Lemmy redet mit mir, nach seinem Tod - was hätten sie wohl gesagt? Tina hätte ich mich schon gern anvertraut, sie hätte es auch verstanden, aber ich lies es. Es soll ja jeder Mensch ein Geheimnis haben – und dies war meines. Die Zeit würde mir sagen ob und was ich zu tun hätte. Für den Moment war jedenfalls alles gut. Alles war gedanklich verarbeitet. Die Kinder und ich hatten Kontakt. Die Arbeit lief ganz gut, und, vor allem: Tina und ich waren und sind verliebt wie am ersten Tag. Ja, die Straße auf der wir uns befanden, war zwar nicht die Straße des Glücks, dies wäre zu hoch gegriffen, aber ja, die Ampeln standen alle auf Grün, nach wie vor. Die Zukunft kam sowieso. Es lag in unserer Hand alles am laufen zu halten. Und dies funktionierte ja recht gut. Alles was zählte war, dass ich selbst gesund blieb, und das Tina gesund werden würde.

Ihr Lächeln mit dem sie mich schon von Weitem begrüßte, versprach jedenfalls nur das Beste. Sie hatte auf mich bereits in der Eingangshalle gewartet.

„Sehnsüchtig hab ich dich erwartet", versicherte sie mir und hielt mich, wie zum Beweis fest umklammert. Die runde, kuppelartige Halle war mit dunklem Marmor am Boden gefliest, strömte eine gewisse Eleganz, aber auch eine gewisse Kühle aus.

Tina schaffte es, alleine mit ihrer Anwesenheit, den Raum zu erwärmen. Ihre frauliche Erscheinung und ihre warme Stimme tat das Restliche... oh Gott – wie ich diese Frau, dieses zarte Wesen liebte und liebe. Sie – das wusste ich schon vorher, nun jedoch, in dem Moment, wurde es mir nur allzu deutlich – war das wichtigste in meinem Leben geworden. Ich sehnte jetzt schon den Tag herbei, an dem ich sie von hier abholen würde. Wenn sie gesund zurück wäre, in unserem Haus, wo sie hingehörte, dann hätten wir es endgültig geschafft. Wir würden leben, so, wie wir es uns wünschten, und so schnell würde den fahrenden Bus, in dem wir uns befanden, nichts mehr aufhalten. Wir waren am Ziel - dachte ich.

Tina erklärte mir bei einem Kaffee in der Kantine, die befand sich nur wenige Schritte weit weg, das sie heute bereits turnen war und massiert wurde, und dass es ihr bereits viel besser ging. Und dass man vor hatte die Behandlung mit einer Therapie zu optimieren. Mit einem speziellen Verfahren würden gezielt Spritzen verabreicht werden.

„Dies hört sich ja alles vielversprechend an", meinte ich zufrieden, nachdem Tina mit ihren Erklärungen geendet hatte. Danach gingen wir auf ihr Zimmer. Wir redeten davon, wie wir unsere Zukunft gestalten wollten, wenn sie Daheim wäre.

„Wie bisher", war meine knappe Antwort - „mit Harmonie, vielleicht mal etwas Glück, wäre schön, ohne weitere Krankheiten. Ein ganz normales Leben halt – mit nur geringen Schwankungen", schloss ich meine Gedanken, Erwartungen und Hoffnung.

„Ja", gab sie zu - „das wäre unser größter Wunsch, nehmen wir es uns vor, wie ein guter Vorsatz an Silvester".

Darauf gaben wir uns förmlich die Hand, lächelten dabei, meinten alles aber vollkommen ernst, als ob wir uns ein großes Versprechen gegeben hätten.

Irgendwann musste ich los. Um vier war der Tag wieder vorbei.

Ich trennte mich jeweils nur ungern von Tina. Lies sie nicht gern allein, unter Fremden, in diesem riesigen Betonklotz. Sicher, sie war dort gut aufgehoben. Ich brauchte mir keine ernsthaften Sorgen zu machen. Ihr Zimmer lies zwar eine gewisse Gemütlichkeit vermissen, es war jedoch zweckmäßig, mit hellen Möbeln eingerichtet. Man konnte sich schon wohlfühlen. Aber sie war nicht zuhause – bei mir.

Daheim angekommen aß ich zu Abend, schaute einen Krimi im TV, wurde aber bald sehr müde. Der Film war vielleicht in der Hälfte als mir die Augen immer mehr zufielen. Aus Erfahrung wusste ich, wenn ich die Müdigkeit übergehen würde, würde ich zu einem späteren Zeitpunkt nicht mehr einschlafen Ich ging also ins Bett.

Ich las noch wenige Seiten in einem Buch, bis mir die Augen vollends zufielen. Kaum hatte ich das Buch zur Seite gelegt, schaffte ich es noch in meine Schlafposition, dann war ich wieder im Traumland. Und Lemmy war wieder da.

Es erschien mir genauso real wie die beiden Male zuvor, nur, dass ich dieses Mal nicht aufgeregt war. Das Herz schlug nicht bis zum Hals. Es war so, als ob wir die Unterhaltung von Gestern weiterführen wollten. Ich war ganz entspannt. Der Traum fing an wo er gestern geendet hatte. Wir saßen an unserem Esszimmertisch.

„Du wolltest den perfekten Song, richtig?" - begann er die Unterhaltung – und es schien so, als ob es für ihn auch keine

Unterbrechung des Traumes gegeben hätte. Wir redeten einfach weiter, wo wir aufgehört hatten.

„Der Bass muss natürlich scheppern", meinte er.

Da fiel mir eine Frage ein, die mir die ganze Zeit schon auf den Lippen brannte: „Wie bist du eigentlich auf die Idee gekommen, den Bass wie eine Gitarre zu spielen?"

„Weiß nicht, ich war wohl zu besoffen", war seine Antwort.

„Wie würdest du ein Lied aufbauen?", fragte er mich.

„Du weißt, ich bin weit weg Profi zu sein, alles bisherige war ein Hobby, und wird es wohl auch bleiben. Aber ich hab ja schon Lieder geschrieben und mitgestaltet. Aber um deine Frage zu beantworten, - es gibt natürlich unterschiedliche Möglichkeiten ein gutes Lied zu machen."

„Ein bisschen schneller – dein Traum wird nicht ewig dauern", ermahnte er mich zur Eile. „Aber du hast natürlich recht. Es gibt geile Balladen die fantastisch sind. Es gibt sogar tolle Pop-Songs, die – wenn man sie etwas bearbeitet, sehr gut herübergekommen. Langsam, schnell, wild – alles kann gut sein,"

„Ah, jetzt fällt mir der Groschen", - bei Lemmy´s Worten kam mir eine Idee. „Wenn wir das perfekte Lied machen wollen, muss es eine Mischung von alledem sein, von zart zu hart, von langsam zu schnell und wild, und dann wieder zurück, stimmt´s?"

„Jap, so ist´s Recht. Das war meine Idee. So etwas wäre ich angegangen. Hätte ich genug Zeit gehabt, diese beschissene Krankheit", murmelte er vor sich hin. „Ich hab immer nur den nächsten Song im Kopf gehabt. Wenn ich nicht gerade mit einem Weib unterwegs war, du verstehst - immer Ideen. Rock´n Roll musste draufstehen. Alles was ich tat war Rock´n Roll, - o.k.?"

„Ja, verstehe. Also in dem Fall würde ich - (ich machte eine Pause, in der ich nachdachte – griff mit der Rechten Hand ans Kinn und schaute zur Decke) für das perfekte Lied bräuchte ich einen wahnsinnig guten Text", sagte ich, immer noch nach der richtigen Formulierung suchend, und redete dann weiter - „einen Refrain der melodisch ist, und somit ins Ohr geht, wo die Leute mitsingen. Das heißt also: der Anfang des Songs wäre zart, langsam. Dann käme Rhythmus durch Schlagzeug und Bass hinzu. Das Lied würde nun schneller werden, bliebe im Grundsatz aber ganz deutlich Rock´n Roll. Dann einsetzen des Textes. Danach: sagen wir zwei Strophen a sechs Zeilen, dann müsste die Geschwindigkeit kurz herunter, damit der Refrain besser kommt. Der melodische Teil. Übergang mit einem kurzen Gitarren-Intro zu den nächsten beiden Strophen... Refrain, Gitarrensolo – wild, dann Rückkehr zur Grundmelodie des Anfangs, gefolgt von einem Textabschnitt, gefolgt von einem Schusswort, das den Leuten Gänsehaut verleiht, der gleiche kurze Gitarren-Intro. Und dann Fade-Out. Ganz zart, bis Null. Ja, so wäre mein perfektes Lied."

Lemmy sagte nichts, nickte nur bejahend, mit einem leichten Lächeln auf den Lippen. Sein Blick drückte Anerkennung aus. Er wusste, dass ich verstanden hatte, wusste aber auch, dass ich kein Profi war. Aber, er wusste darüber hinaus, dass Erich und ich auch über ein gewisses Talent verfügten. Er wusste also, dass – wenn wir den Mut hätten (wörtlich gesehen) was (uns) auf die Bühne zu stellen, das wir die Schippe Ass im Ärmel hätten. Wir brauchten diese Karte nur auszuspielen. Es war nur eine Sache des Wollens – weniger des Könnens. Mir selbst wurde (im Traum) bewusst, dass diese Fähigkeit die ganze Zeit über vorhanden war. Nur der Gedanke einen gut bezahlten Job aufzugeben (also der Mut fehlte) lies jegliches Vorhaben professionelle Musiker zu werden, zur platzenden Seifenblase werden.

So war es bisher. Dies sollte nun anders werden. Ich erwachte. Gestärkt, wie nach einem Training und der dazugehörigen kühlen Dusche, fühlte ich mich. Motiviert und gut gelaunt war ich. Alles erschien klar und sauber, wie an einem sonnigen Sommertag. Aller Moder der Vergangenheit war endgültig verschwunden. Alles Bestens. Eine reine, freie Welt schien sich vor mir auszubreiten – ohne Hindernisse, wie zu früheren Zeiten, in denen meine Brust zugeschnürt erschien und ich keine Luft zum Atmen hatte. Nein, klare Luft durchströmte meine Lungen und mein Kopf war ebenso klar. Ich fasste einen Plan.

Ausnahmsweise spielte Tina in der Sekunde eine untergeordnete Rolle. Wenn mein Plan funktionierte, würde sie auch profitieren – und im Moment brauchte ich mir wegen ihr keine Sorgen zu machen. Sie war gut versorgt und ihr Zustand besserte sich zusehend.

Epilog

Das heißt. Erst musste ich mich doch um Tina kümmern. Es wären noch zirka zwei bis drei Wochen die sie in der Reha verbringen würde. In der Zeit musste ich mein Vorhaben – den perfekten Song, den ich mit Lemmy „einstudiert" hatte - ihn mit Erich aufs Papier zu bringen, auf Eis legen. Die Zeit würde einfach nicht ausreichen. Job, Tina – und Musik – das war zu viel. Aber die Idee stand und würde nicht davonlaufen. Und, sollten wir es hinbekommen, würden wir, sollte Erich mitspielen, das Lied dann einem Publikum vorzustellen. Eine CD produzieren? - dies stand noch in den Sternen. Aber machen würden wir dieses Lied. Für mich war es so etwas wie ein Versprechen, das ich Lemmy gab. Er konnte den perfekten Song, von dem er träumte, nicht mehr vollenden – ich würde es, sozusagen in seinem Auftrag, für ihn tun.

Und diese Aufgabe war mir wichtig.

Aber jetzt stand Tina im Vordergrund. Die Therapie mit den Spritzen schlug fantastisch an. Sie war seit langem Schmerzfrei. Aber, noch in der Woche bevor sie entlassen wurde, konnte ich mich nicht mehr zurückhalten. Ich hatte mit Erich einen Termin für das kommende Wochenende vereinbart.

Ich stand in Tinas Zimmer, es war bereits Abend und die schmale Sichel des Mondes stand am Himmel. In meinem Kopf schwirrten bereits Ideen für einen Text. Ich würde mich genau an die Reihenfolge des Lied-Aufbaus halten, ganz so, wie ich es mit Lemmy „besprochen" hatte. Die Idee für den Text fehlte noch. Krieg, Liebe, Politik? Plötzlich fiel mir ein, warum wusste ich erst nicht, was Lemmy mal zu mir sagte – es schien in keinem Zusammenhang zu stehen: „Ich bin noch in einer Zeit groß geworden, wo die Leute dümmer zu sein schienen. Heute studieren alle. Aber wer zum Teufel, streicht dann mein Zimmer, wenn dies keiner mehr machen will?"

Da wusste ich, das ich einen sozialkritischen Text schreiben sollte (danke Lemmy).

Der perfekte Song

Wochenende. Tina war glücklich wieder zuhause zu sein. Ich war nicht weniger froh darüber. Hatte ich erwähnt, dass sie vorzüglich kocht?

Als das Handy klingelte und ich auf dem Display sah, das es Erich war, hatte ich schon die Befürchtung er würde den Termin nicht einhalten können, es wäre ihm was dazwischen gekommen. Aber er fragte nur ob ich auch eine halbe Stunde früher kommen könnte. „Klar doch", hatte ich geantwortet und stieg kurz darauf ins Auto um zu ihm zu fahren.

Bei Erich angekommen erwartete mich das selbe Ritual wie immer. Er war stets etwas trocken, öffnete nur die Tür mit einem gemurmelten „Hallo" und ging sofort, ohne weiteres Geplänkel an seinen Schreibtisch. Auf diesem großen Schreibtisch waren ein Keyboard, ein kleines Mischpult, zwei Monitore und weitere elektronische Geräte, wie zwei Lautsprecher, welche eine goldene Bespannung aufwiesen. Hochwertig. Alles. Auch das Mikrofon, das an einem Tischständer in Erichs Mundhöhe eingestellt war, war erstklassig.

„Ich bin da gerade an einem tollem Lied", begann er die Unterhaltung. Er hatte das gleiche Fieber wie Lemmy, dies wurde mir nun erst bewusst, nachdem ich ihn so lange Jahre kannte. Er suchte auch immer die beste Harmonie im Lied, den passenden Rhythmus, den genialen Text. Man muss wohl Musiker sein, dachte ich – dies war ich nicht. Ich war „nur" Texter. „Ja", meinte ich -

„und ich helfe dir dabei. Was meinst du?" „Gern", antwortete er. Für ihn war es das, was es immer war. Wie wir es seit Jahren, mit Unterbrechungen getan hatten. Ein Hobby, wenn auch mit dem ernst gemeinden Hintergrund, den originellsten, raffiniertesten, geilsten Song zu liefern – und vielleicht damit einmal den Sprung zu schaffen. Träumen war ja erlaubt. Das taten wir beinahe jedes Mal, wenn wir dasaßen und Musik machten. Wohl wissend das dies nicht passieren würde – der Sprung ins Showbusiness, eben weil uns immer der Mut gefehlt hat.

„Was halltest du davon?" - fragte ich ihn, und erläuterte ihm den Aufbau des Liedes, welches (eigentlich) von Lemmy´s Feder stammte. Jedenfalls die Inspiration hierzu.

„Ganz gut", stimmte er bei. Doch man merkte ihm an das ihm die Idee fehlte, es umzusetzen. Also fingen wir an, wie wir es immer taten. Er klimperte auf den Klaviertasten – suchend – nach dem Takt, der Melodie. Ich machte Vorschläge: „den Bass so, die Gitarre soundso... ruhig mal Geige" - so gingen wir stets vor. Doch was dann passierte schien wieder nicht von dieser Welt! Es war ja mittlerweile warm, fast Sommer, was hieß, das er ein Hemd mit kurzen Ärmeln anhatte. Als ich ihn also an seinen Arm griff, erhielt er so etwas wie einen Stromschlag. Tatsächlich lag der Duft in der Luft, wie man ihn kennt, wenn ein Elektrogerät durchgeschmort ist, was aber nicht der Fall war. Der Geruch war auch eine Sekunde später wieder verflogen, sodass ich wieder nicht wusste, ob ich mir nur wieder alles eingebildet hatte oder ob es real war. Jedenfalls war mit Erich was geschehen. Er fing an zu spielen. Man, so gut war er noch nie! Und während er spielte, holte ich mir den Schreibblock, der am Rand des Buchefarbenen Schreibtisches lag. Der Kugelschreiber lag obenauf. Ich begann zeitgleich zu schreiben, während er komponierte. Ja, das konnten wir und hatten es schon öfter so gemacht. Wenn die Eingebung da ist, von wo sie auch kommen möge, dann läuft´s halt. Und es lief! Ein Traum. Wie unter Trance arbeiteten wir, ohne viel Worte zu verlieren, an einem Lied, dass, von

Minute zu Minute zu etwas wuchs. Was unser beider Erwartungen
bei weitem übertroffen hatte. Heraus kam ein wirklich geniales Lied.

Lemmy´s perfekter Song.

Das Stadtfest – Erichs Auftritt

In Erichs Heimatstadt fand jedes Jahr ein Sommerfest statt. Erich
war durchaus regional Bekannt. Sein Hauptaufgabengebiet als
Musiker war das Übliche. Er spielte auf Hochzeiten und
Geburtstagen. Hier und da trat er in einem Hotel auf, oder besser
gesagt: in dessen Biergarten, wo sich eine kleine Freilichtbühne
befand. Er hatte Auftritte in Schulen, brachte also den Kindern,
sozusagen als Gastlehrer, Musik bei: kurz – er konnte von seiner
Musik leben, da er auch privaten Gesangsunterricht gab, was wohl
seine Haupteinnahmequelle war.

Die Veranstalter des Volksfestes wollten in dem Jahr mal was neues
probieren. Sie wollten moderner erscheinen. Warben für die Jugend
und taten (die Stadt) auch einiges für Kinder und Jugendliche. Dieser
Umstand war unser großes Glück. Die Verantwortlichen hatten den
Mut mal „rockiger" zu werden. Dies war unser (Erichs) großes
Glück. Er durfte dort auftreten, zu einem Wohltätigen Zweck, aber
das war uns egal. Bei einem Erfolg würde er in der Folge auf
bezahlte Auftritte hoffen. Vor allem dann, wenn genügend Publikum
da sein würde, die ihn gegebenenfalls für ihre Angelegenheiten
buchen würden.

Sein Auftritt war der Letzte einer Reihe von Auftritten. Er war die
Hauptaktration des Abends und er war einfach genial. Er gab alles.
Er spielte an seinem Keyboard und wurde mit bunten Spotlights
angestrahlt. Alles sah sehr professionell aus und hörte sich auch sehr
gut an. Er hatte sich extra noch zwei Verstärker hinzugekauft um gut
zu klingen. Und das tat es. Er spielte die bekanntesten Songs von
Motörhead und das Publikum tobte. Die Veranstalter waren eher

skeptisch, doch sie hätten nicht im Ansatz mit einem solchen Erfolg gerechnet. Um ehrlich zu sein, selbst Erich oder ich hatten nicht damit gerechnet. Es waren, so hatte man uns später mitgeteilt, auch viel mehr Leute vor Ort, wie in den Jahren zuvor. Obwohl nicht mehr Werbung gemacht wurde wie vorher. Nun, uns sollte es egal sein. Uns freute natürlich der große Ansturm und das Jubeln der Leute. Ich fragte mich wie Erich sich da oben fühlte. Sicher wie Lemmy selbst.

Ich selbst stand mit Tina am Rand. Relativ weit hinten von der Bühne. Wir standen an einem der wenigen Stehtische die die Veranstalter den VIP´s bereitgestellt hatten. Darauf stand mein Bier und Tinas Kola. Umzingelt wurden wir beispielsweise von oder örtlichen Regionalpresse. Sie fotografierten alles. Das war natürlich toll. Wir – Erich würde in den Zeitungen erscheinen. Dies freute mich für ihn, da er dadurch in der Tat Chancen hatte, Geld zu verdienen. Sich einen Namen zu machen. Ich gönnte es ihm von Herzen. Ich selbst würde nichts dabei verdienen. Meine Genugtuung würde darin liegen, einen meiner Texte einem größeren Publikum vorweisen zu können. Obwohl von denen keiner wusste, wer ich war oder was ich tat oder erlebt hatte. Aber das war egal.

Lemmy wusste es. Tina und Erich wussten es (zum Teil). Ich wusste es.

Das Programm näherte sich dem Ende. Die zwei letzten Lieder würden folgen. Das Lied „1916" - und danach unser eigenes Lied. Lemmy´s perfekter Song.

Ich beobachtete das Publikum. Die gut zweitausend Menschen waren aus dem Häuschen. Applaudierten quasi ohne Ende nach Beendigung des letzten Songs. Nachdem die Leute sich beruhigt hatten, machte Erich die Ansage, dass noch zwei Lieder folgen würden und das das letzte Lied aus seiner Feder wäre - „unter Mithilfe meines Freundes Frank, der dahinten steht. Von ihm ist der Text", sagte er und wies in meine Richtung. Einige Leute drehten sich sogar nach mir um.

1916, einer der Songs, der zu meinen Lieblingsliedern wurde. Und
Erich sang es mit so viel Gefühl, das mir eine Träne die Wange
herunterlief. Nicht nur, weil seine Stimme Lemmy´s ähnlich war,
nein, die Traurigkeit des Songs tat sein übriges. Aber, und dies
übermannte mich vollends. Ich musste erneut weinen, weil mir
bewusst wurde, das ein Soldat – in dem Fall Lemmy, einer der
letzten Soldaten des Rock´n Roll von uns gegangen war. Sicher, er
würde – nicht nur in meinem Kopf weiterleben. Nein, ich war mir
sicher, dass Lemmy, als guter Geist von Motörhead und anderer
Bands der kreative Kopf war. Nicht nur als Sänger, Bassist,
Songschreiber. Nein, er spielte ja auch Gitarre und Mundharmonika.
Und er war immer ein Kämpfer. Stritt mit Plattenfirmen, seinen
Kollegen mit denen er der Bühne stand. Er haderte sicher auch mal
mit sich selbst. Entschied sich aber für die Musik. Dies alles machte
ihn zu einem liebenswerten, großartigen Menschen. Und sein Tod
riss nicht nur bei mir ein Loch. Nein, jeder Fan wusste das alles und
es freute sie, wenn – wie an diesem Tag – Lemmy wieder für seine
Fans auflebte. Die Erinnerung von ihm wieder aufgefrischt wurde.
Das ließ ihn in gewisser weise unsterblich werden.

Lemmy - die Ikone des Rock´n Roll

Nach diesem Gedanken trank ich einen großen Schluck Bier. Als ich
mein Glas auf dem Stehtisch abstellte, trafen sich unsere Blicke.
Tina´s Blick erzählte ganze Bände. Mit einem kaum merklichen
Nicken gab sie mir zu verstehen was sie dachte. Es war nun einmal
so: sie dachte das gleiche wie ich. Ja, wir konnten uns hier und da
ohne Worte verständigen. Und was wir dachten war, dass wir von
nun an unbesorgt in unsere gemeinsame Zukunft blicken konnten.
Selbst Lemmy´s perfekten Song hatten wir hinbekommen. Wenn es
so war, sah er jetzt von oben herab zu uns, und hatte – wer weiß –
auch mal eine Träne im Auge.

In dem Moment, wo an ihn dachte - sah ich auf das fast leere Glas.
Wollte es austrinken. Schaute wieder zu Tina. Da verwandelte sie
sich vor meinen Augen in Lemmy. Es war wie an dem Tag, an dem
wir uns das erste Mal getroffen hatten. Er hatte sein Glas in der
Hand, lächelte mich glücklich an und zwinkerte mir zu. Er hob sein
Glas, dass ich ihm zuprosten solle. Ich hob auch mein Glas. Wir
ließen die Gläser klingen und tranken aus. Es hatte mich wieder
übermannt, eine Träne des Glücks lief meine Wange hinab. Was ich
kaum glauben wollte: Lemmy erging es ebenso.

Er hatte feuchte Augen. Aber dann verschwand er wieder.
Tina nahm wieder seinen Platz ein.
Aber ich sehe ihn.
Bis heute.
Nur nicht mehr so oft.
Aber – er ist immer bei mir. Wenn ich ihn brauche ist er da.

Ende?

Wer weiß?

Danksagungen

Mein Dank gilt allen, die halfen, das dieses Buch Wirklichkeit wurde.

Danke Wilfried für deine Beratung

Danke an Frau Ute Kromrey, Lemmy´s deutsche Managerin... sie weiß schon warum

Danke an die Helfer des Verlages

Und - danke Inge, für deine Geduld und Unterstützung,

du stehst stcts an meiner Seite.

Wer braucht das nicht?